LOURAS ZUMBIS

BRIAN JAMES

LOURAS ZUMBIS

Tradução
André Gordirro

galera
RECORD
RIO DE JANEIRO | 2010

CIP-Brasil. Catalogação-na-fonte
Sindicato Nacional dos Editores de Livros, RJ

J29l James, Brian, 1976-
Louras zumbis / Brian James: tradução André Gordirro. - Rio de Janeiro : Galera Record, 2010.

Tradução de: Zombie blondes
ISBN 978-85-01-08535-1

1. Literatura juvenil americana. I. Gordirro, André. II. Título.

10-0590. CDD: 028.5
CDU: 087.5

Título original em inglês:
Zombie Blondes

Composição de miolo: Abreu's System
Design de capa: Renata Vidal da Cunha

Texto revisado pelo novo Acordo Ortográfico da Língua Portuguesa.

Direitos exclusivos de publicação em língua portuguesa
somente para o Brasil adquiridos pela
EDITORA RECORD LTDA.
Rua Argentina 171 - Rio de Janeiro, RJ - 20921-380 - Tel.: 2585-2000
que se reserva a propriedade literária desta tradução

Impresso no Brasil

ISBN 978-85-01-08535-1

Seja um leitor preferencial Record.
Cadastre-se e receba informações sobre
nossos lançamentos e nossas promoções.
Atendimento e venda direta ao leitor
mdireto@record.com.br ou (21) 2585-2002

Para minha mãe

Não há regras para fugir dos problemas. Não existe lista de coisas a fazer, nem instruções. *Uni-duni-tê*, escolha um caminho e siga. Bom, é assim que meu pai faz porque, pelo visto, também não há limite de idade para fugir. Ele acorda um dia, coloca tudo o que temos no carro, e caímos na estrada. Vemos o colorido bonito passando até ele achar uma cidade inofensiva o suficiente para se esconder. Mas seus problemas sempre nos encontram. Algumas vezes é rápido; e em outras, nem tanto. Às vezes demora um mês, às vezes seis. Não há regras para isso também. Nunca se sabe o tempo que os problemas levam para nos alcançar. Mas que eles vão conseguir, isso é certo. E então é hora de fugir de novo para uma nova cidade, um novo lar e uma nova escola para mim.

Mas se não há regras, então por que tudo parece sempre a mesma coisa? Sinto que fica para trás um pouquinho de quem eu era em cada casa que deixamos vazia. Espalho pedaços de mim por várias cidades. Uma trilha de migalhas pontilhando no mapa de onde saímos e para onde vamos. E se ligo os pontos, não aparece um desenho. São aleatórios como as estrelas que enchem o céu à noite.

— Você vai gostar desse lugar, tenho certeza — diz meu pai, mais alto que a música misturada com a estática do rádio. Tira os olhos da estrada por um segundo para me dar o sorriso bobo que sempre usa quando quer me animar. Um tapinha de leve no meu joelho até eu parar de olhar pela janela e encará-lo.

— Eu gostei do último lugar... e do anterior também — disparo, fazendo tromba sem virar a cara para ele. É a expressão que uso quando quero que ele me deixe em paz. Não estou a fim de ser animada. Estou de saco cheio de me mudar. De sempre ser a menina nova. E de meu pai fazer parecer que é uma aventura emocionante fugir de uma cidade como criminosos sempre que não temos dinheiro para pagar o aluguel.

Afundo no banco do carro e colo a testa na janela. As folhas mudaram de cor, e as de cor laranja parecem se misturar com as marrons e amarelas como o rabo de um cometa de desenho animado enquanto a gente passa em velocidade. Os galhos dançam ao vento e sacodem as folhas, dando tchau à medida que as placas de distância passam correndo, e aí já fomos embora. Apenas um minuto até chegar ao meio do nada. Apenas um quilômetro até Maplecrest, a cidade de que meu pai jura que vou gostar.

— Está vendo as montanhas? Não são lindas? — pergunta, com o olhar radiante ao ver os picos surgindo diante do para-brisa.

Nem respondo, porque parei de falar com ele.

É minha nova abordagem, pois parece que ele não me escuta. Talvez, se eu ficar calada, ele vai sacar que estou chateada. Nem sei por quê. A verdade é que o lance de mudar nunca me incomodou tanto. A gente vem fazendo isso desde que meu pai parou de ter um trabalho regular. Ou, devo dizer, desde que disseram que ele não podia trabalhar. Desde quando eu tinha 10 anos; então, há quase seis agora. Tempo suficiente para eu ter me acostumado — e me acostumei. O problema é que eu realmente gostei do último lugar. Fiz amigos pela primeira vez em muito tempo. E ele me prometeu que aquela seria a última vez que a gente ia recomeçar do zero.

Acho que a culpa foi minha de ter acreditado nele.

Ele já havia feito aquela promessa antes. "Vai ser diferente desta vez, você vai ver." Já disse isso tantas vezes que acho que ele até quase acredita. Sempre fala quando estamos parando na entrada da nova garagem. Sempre reviro os olhos e respondo "claro", porque sei que nada vai mudar. Nunca muda. Não é por falta de tentativa. Ele tenta, sim. Aceita um emprego que odeia porque não consegue o que gosta. Não pode voltar à polícia, não depois do que aconteceu na cidade quando ele era policial. Diz que as memórias são muito dolorosas. Por isso a gente fugiu pela primeira vez, da cidade para o meio do nada. E não tenho coragem de dizer que não adiantou. Seis anos e ainda estamos fugindo, e ele continua aceitando empregos que o deixam infeliz. Vai arrumar outro quando a gente chegar em Maplecrest. E aí vai ser despedido porque não aguenta. Vamos comer miojo por algumas semanas, e então um dia vou chegar da escola e o carro estará com todas as nossas coisas dentro, e vai começar tudo de novo.

Por isso mudei de ideia sobre não haver regras. Porque existe uma regra sobre fugir de seus problemas. Aquela que diz que a fuga vai se repetir sempre, como as estações, o pôr do sol, ou as cadeias de restaurante de fast-food que a gente passa indo de um lugar para o outro. É sempre a mesma coisa: acabo no banco do carona, roendo as unhas e imaginando se meu novo colégio será melhor ou pior do que o anterior.

— Parece que chegamos — diz meu pai quando passamos por uma placa indicando a saída da estrada. É sua maneira de dizer para eu abaixar a janela e colocar o braço para fora, avisando os carros de trás que vamos virar, pois nossas setas não funcionam.

O vento bate pela janela aberta e, sem pressa, boto minha mão para fora, apontando. Meu pai diz que sou a melhor copilota que já percorreu as sinuosas estradas de Vermont. Está tentando fazer graça, e por isso faço cara de mais irritada ainda ao olhar para ele com uma expressão rabugenta.

— Vamos, Hannah, não fique assim — diz, me cutucando.

— Como quer que eu fique? Minha mão está congelando e suas piadas não têm graça — digo, enquanto o carro desacelera e meu pai vira o volante. Boto a mão para dentro e subo a janela. Na mesma hora sinto falta do barulho do vento, porque o retorno do silêncio quer dizer que ele vai dizer alguma coisa, e estou fazendo o possível para não falar com ele.

— Não seja tão dramática — ele diz, no tom de voz que usa para me dizer que estou sendo injusta.

— Dramático é se mudar com a filha para o meio do nada de tempos em tempos — corrijo, dando o sorriso cínico que ele tanto odeia para informá-lo que mal comecei a ser injusta.

Mas acho que nem eu consigo estragar seu humor, porque ele não cai na armadilha. Não briga comigo. Na verdade, até ri! Isso me deixa tão irritada que sou capaz de gritar, mas ele parece tão contente que não consigo sequer arrumar energia para continuar chateada a ponto de berrar. É impossível quando ele está com aquele sorriso bobo na cara, me dando tapinhas no ombro. Jamais consegui ficar irritada com meu pai mais do que algumas horas, e sinto que estou cedendo. Deus, tem vezes que o odeio por ser tão difícil de odiar!

Viro de novo para a janela.

É mais fácil me sentir péssima se não olhar para ele.

Vejo nossa nova cidade passando.

— Maplecrest — falo para mim mesma, lendo o nome em uma placa quando entramos na rua que corta a cidade. Até o nome me soa chato. Ao passar de carro, é exatamente como eu imaginava: um monte de nada. Uma farmácia, uma lanchonete, um banco e meu colégio, e é isso aí. Vai ser um milagre se algo emocionante acontecer nesse lugar.

— Não é demais? — meu pai diz, ao observar tudo. É o tipo de cidade parada no tempo que ele adora. Nada mudou desde a época em que era criança, ou mesmo antes disso. Parece a cidade de um filme tão chato que nem vale a pena parar e ver até descobrir qual é a história.

Aparentemente não sou só eu que penso assim, porque há placas de VENDE-SE por todo o lugar. Pelo menos a cada três ou quatro jardins. Não é de admirar que a gente vá viver aqui. Nem nós somos tão pobres assim para precisar fugir de uma cidade fantasma.

— É, pai, você estava certo. Já estou adorando — digo com sarcasmo. A única coisa boa desse lugar é que tenho certeza de que não ficaremos por muito tempo. Com tanta gente se mudando, isso significa que não há empregos. Casas vazias são sinal de falta de trabalho. É a única lição de economia que aprendi por estar de mudança a vida inteira. Vamos sair daqui antes do Dia de Ação de Graças, garanto. Até mais, Maplecrest, mal a conheci!

Meu pai me diz para ficar de olho nas placas das ruas. Avisa que procuramos a Walnut Cove. Vejo de primeira.

— É para lá — aviso, feliz que é para a esquerda, e assim não preciso passar vergonha logo de cara ao bancar a seta do carro.

Nossa casa é a quinta da rua. Não tem nada demais. É pequena e pintada de marrom por fora; tem algumas árvores no jardim, e a grama está imensa, cheia de ervas daninhas. Parece que não é cortada há meses, e as folhas precisam ser varridas. Mais uma da série de casas em que moramos. As janelas são vazias como o olhar de um estranho, e com certeza terei essa mesma impressão no dia em que a gente for embora.

O alerta de combustível acende assim que subimos a entrada da garagem. Meu pai olha para o painel e sorri.

— É um sinal — diz. — Estamos em casa.

— É sinal de que a gente está duro — digo, segurando a maçaneta e abrindo a porta com um chute. Dou uma olhada rápida em volta. Uma casa vazia do outro lado da rua. Outra a duas portas da nossa. As montanhas ao fundo parecem uma muralha nos cercando nessa porcaria de cidade. Respiro fundo e me preparo para começar tudo de novo.

Quando meto a mão no banco de trás para pegar minha mochila, meu pai se aproxima e me abraça.

— Não vai ser tão ruim — diz. E, embora eu queira fingir que ele está sendo egoísta, sei que não é verdade. Eu percebo pelo tom de voz. Sempre percebo. Tenho noção do quanto lamenta por me fazer passar por isso, e é por essa razão que faço o possível para não descontar nele.

— Eu sei — falo ao me virar, dando um sorriso desanimado. Sinto as palavras se formando em sua mente e coloco minha mão em sua boca, para impedir que saiam. — Só não me prometa nada desta vez, ok? — digo. Ele concorda com a cabeça e me solta. Sei que ficou magoado, mas não aguento mais ouvi-lo repetir que vai ser diferente.

Pego a mochila com a maioria das coisas que tenho. Ela é rosa com arranjos de flores costurados e eu a arrasto pelo chão até a porta da frente. Meu pai chega por trás com a chave na mão.

— Ainda somos um time? — pergunta.

— Claro, pai. Ainda somos um time — respondo, tentando ao máximo não parecer infeliz.

UM

Geralmente percebo quem é popular assim que ponho o pé numa nova escola. Pelo menos as garotas. Elas vestem a popularidade como se fosse um uniforme para que todos vejam. Dos penteados aos sapatos caros, tudo nelas é tirado das páginas do último número das revistas de moda adolescente. Tudo nelas é perfeito. Quer dizer, pelo menos aparentemente.

É um pouco mais difícil com os garotos.

O visual deles tem pouco a ver com o lugar que ocupam na ordem social. O que eles gostam é tão importante quanto a aparência. Também depende do tipo de colégio em que se está. Há tantos tipos de escolas quanto há de panelinhas dentro delas. Tem os colégios mais cabeça onde os garotos magrelos e de ar misterioso ganham toda a atenção. Há os preparatórios para universidades, onde o desempenho e as notas estão de mãos dadas com a aparência para determinar a popularidade com as garotas. Nas escolas com problemas de drogas ou violência, ser o mais encrencado ou perigoso faz toda a diferença. Por último, mas não menos importante, há os colégios com ênfase no atletismo como Maplecrest, onde o que conta é quanto um garoto é bom nos esportes. Até um cara meio tapado e com espinhas pode ser popular aqui, então talvez leve um tempo para sacar a situação.

Mas com as garotas não importa muito o tipo de colégio. Quem manda nos corredores são sempre as mais magras e bonitas, usando o mínimo de roupa possível que o padrão da escola permite. Até porque o gosto dos garotos não muda muito só por se interessarem mais por pintura do que por esportes. Então são sempre as meninas com aquela beleza de cartão postal que conseguem fazer parte da Galera Perfeita. A elite social. A panelinha que manda na escola. Aquelas que podem tudo ao piscar o olho e se fazer de inocentes. São as que decidem quais das outras meninas podem participar das conversas, e quais devem ser sacaneadas até adquirir um transtorno alimentar.

Colégios diferentes, mas sempre a mesma coisa.

São essas garotas que tenho de impressionar se fizer questão ser popular, ou que preciso evitar aborrecer se só quiser me enturmar. É por isso que é muito importante descobrir quem elas são. Prioridade máxima se quiser evitar cometer um erro que vai me colocar na lista negra sem querer. Um olhar atravessado é tudo o que basta. Tem sido assim em todo colégio por que passei nos últimos anos, então fiquei craque em perceber quem são. Meu bem-estar social depende disso.

Maplecrest pode ser o colégio mais fácil até agora.

Reconheço quem é a garota mais popular no momento em que a vejo.

Basta só um olhar. Os longos cabelos louros e ondulados parecem uma aura quando a luz do sol bate neles no ângulo certo. Sorriso e pele perfeitos como um anjo feito de porcelana. Olhos azuis radiantes com pálpebras rosa bebê, que combinam com o tom cor de morango do carnudo lábio superior. A curva suave de seu ombro e os joelhos delicados aparecendo na borda da saia curta. Delicada como um passarinho planando pelo refeitório. Todos os olhos a seguem enquanto flutua até a mesa cheia de garotas bonitas que, assim que ela se junta ao grupo, mais parecem seus clones genéricos.

Não preciso saber o nome ou algo sobre ela para ter certeza de que é a rainha do colégio. Está escrito na testa das amigas enquanto cada uma aguarda sua vez de receber o "oi" dela. Todas se esforçando ao máximo para ficarem exatamente iguais a ela. Todas bonitas também. Todas com o mesmo cabelo platinado e pele branca, mas sem tanto brilho no olhar, o que as deixa um pouco menos perfeitas.

E, mesmo tendo prometido para mim mesma que não ia fazer isso desta vez, começo a me comparar com elas, a Galera Perfeita. Não consigo evitar, tenho de saber onde me encaixo. Porcaria de cidade ou não, eu me importo com o que as pessoas pensam sobre mim. É um péssimo hábito. Meu pai chama de síndrome de menina adolescente, e diz que tem cura. Respondo que sei que tem, mas que não quero virar uma velha maluca dona de vários gatos quando crescer.

Enrolo o cabelo no dedo e vejo as pontas duplas. O meu não tem o mesmo brilho nem é tão louro. Parece mais palha suja do que aura dourada. Meus olhos são opacos também, e não têm aquele tom de céu que o olhar das meninas populares têm. Todas tão lindas e louras, como bonequinhas de porcelana valiosas demais para se permitir que as crianças brinquem com elas.

Empurro a bandeja. Perdi a fome.

Não é que eu ache que seja feia ou algo assim. Sei que sou bonitinha o suficiente. Nem quero ser a menina mais linda do colégio ou algo do gênero. O problema é que nem chego perto. Nem da líder nem das fiéis escudeiras. Pensei que, numa cidade pequena e parada no tempo como essa, eu pelo menos teria uma chance. Não é assim tão importante para mim, apenas fica mais fácil entrar numa escola nova sendo uma das garotas mais bonitas. Torci para que ao menos desta vez fosse dar sorte. Mas o sonho acabou assim que a vi.

— O nome dela é Maggie Turner — me diz uma voz no ouvido como se lesse minha mente. O susto não é daqueles de dar um grito, mas o suficiente para me fazer soltar um guincho como um ratinho.

Viro meu rosto e vejo um garoto magricelo com cabelo castanho desgrenhado e roupas surradas. Eu o reconheço de uma das aulas. Levo um segundo para lembrar de qual delas. Geometria, no terceiro tempo. O garoto sentado a algumas fileiras de distância que me olhava tanto que parei de observar com o passar da aula. Não é tão feio assim, mas também não faz meu tipo. Alto, desengonçado e um tanto sinistro. E antes que eu decida se quero mandá-lo pastar ou não, ele puxa uma cadeira vazia e se senta ao meu lado.

— Maggie Turner — repete. — Estava querendo saber o nome dela, não é? — Não sei o que dizer. Não estava esperando companhia. O primeiro dia num novo colégio, em geral, é sinônimo de isolamento, especialmente no refeitório. É um dos sintomas da doença do aluno novo. Todos querem falar de você, mas ninguém quer falar com você. Não de primeira, pelo menos, e a visita surpresa me pegou desprevenida. Isso sem falar no fato de ele saber o que eu pensava.

— Só estava... — começo a dizer, mas não termino.

— Só estava encarando a Maggie Turner como todo mundo — diz ele, e sinto meu rosto ficando vermelho.

Não que me importe quando me pegam no flagra ou que tenha vergonha de estar fascinada pelas garotas populares. Só não sei se quero admitir isso para um garoto magricelo e esquisito que ronda o refeitório atrás de meninas que não conhece para se sentar junto. Mas, seja qual for a razão, minhas bochechas começam a ficar vermelhas, e ele nota.

— Tudo bem — diz. — Ela atrai atenção. Todos gostam de olhá-la. — Coloca as mãos atrás da cabeça e se recosta. Reclina a cadeira até tocá-la na parede e se acomoda como se fôssemos amigos que não se veem há tempos.

— Olha só, o que você quer? — falo de um jeito arrogante, porque tudo o que quero nesse momento é que ele vá embora. Prefiro ficar sozinha a sentada ao seu lado. Ele meio que me assusta. Eu até afasto um pouco a minha cadeira. Pena que ele não se toca. Ou é meio burrinho ou, então, está começando a ficar a fim de mim. Com a sorte que tenho, isso não seria novidade. Posso não atrair tanta atenção, mas sou para-raios de maluco.

Ele volta a colocar as mãos na mesa e deixa a cadeira retornar à posição normal. Então, inclina o corpo e chega junto de mim, como se fosse me contar um segredo ou coisa parecida.

— Hoje é seu primeiro dia, certo? — pergunta.

Não sei o que isso tem a ver, mas, de qualquer forma, concordo movimentando a cabeça.

— Bem, só estou tentando ajudar, só isso — diz.

— Ajudar como? — pergunto. — Não vejo isso como ajuda. A única coisa que está fazendo é evitar que as pessoas normais falem comigo.

— Posso ver que você quer ser amiga dela — diz. Dá vontade de falar que eu não a conheço e que ele não me conhece, então como pode imaginar uma coisa dessas? Mas, no fundo, sei que tem um pouco de razão, então nem perco meu tempo. Além disso, ele tem noção de que está certo, da mesma forma que eu soube que Maggie é a garota mais popular logo de cara. Ele pode detectar gente como eu da mesma forma que detecto quem são os populares.

— E se eu quiser? — pergunto. — É um crime ou algo assim?

— Não — diz. — Só pensei em salvar você das garras da Maggie Turner antes que seja tarde demais.

Não consigo evitar um pequeno sorriso, porque já vi esse truque antes. Chegar junto da menina nova e assustá-la com histórias sobre a panelinha do mal. São sempre os excluídos como ele que tentam o golpe. Os descontentes. Mas é só isso mesmo: um truque. Tentam me atrair para seu grupinho, e assim me excluir do resto da escola.

Mas, como ele é meio gatinho, e a única pessoa a falar comigo, então decido dar corda mesmo assim.

— Ah é, por quê? — pergunto.

— Porque a Maggie não é como a gente — sussurra. Entrando no papel direitinho, olhando para os lados para ver se alguém escuta. — Ela não é como as pessoas normais; é superior. Nasceu no Natal. A cor favorita é rosa. Rosa bebê, não choque. E não importa o frio que faça lá fora, sempre usa minissaia e miniblusa, e ninguém jamais a viu tremer de frio. Nunca come nada além de cenoura, pelo menos não em público. E embora não tenha nenhum superpoder reconhecido, todas as amigas a seguem como se participassem de um culto. Além disso, é a líder das animadoras de torcida, e, para completar, é uma vadia do mal.

Dobro os braços na mesa e recosto minha cabeça. Abro bem os olhos, prestando toda atenção como uma criancinha na hora de ouvir uma história antes de dormir.

— Para alguém que não gosta da Maggie, você parece saber muitas coisas sobre ela — digo dando um sorrisinho, mas acho que ele não nota o sarcasmo.

— Todos sabem, ela faz questão disso — diz, sem sussurros ou o bom humor de antes. Até meio irritado, batendo com os nós dos dedos na beirada da mesa.

— Deixe-me adivinhar — digo, porque é a minha vez de fazer um joguinho com ele. — Todos os carinhas são a fim dela, inclusive você.

— Eu, não — fala, sem vacilar. Diz como se fosse um fato consumado, sem tirar os olhos de Maggie. Percebo que não está mentindo para si mesmo. Seu tom deixa claro que não só não gosta dela, como a despreza.

— Mas foi a fim dela em algum momento — falo, porque também noto isso. — E como não foi correspondido, agora você a odeia. — Ninguém olha desse jeito para uma pessoa como Maggie Turner a menos que sinta inveja ou tenha sido desprezado. Não imagino que ele seja o tipo de garoto que tenha inveja de popularidade, mas parece um daqueles sensíveis que ficam magoados.

Acho que o magoei também, porque ele afasta a cadeira da mesa e fica meio de pé. Está quase indo embora, mas para. Vira para mim, abre a boca e começa a gaguejar, como se não tivesse certeza se deve dizer o que quer. Enfim, decide falar, mas sem tirar os olhos do chão.

— É que... você é meio bonita... e ela pode tentar transformá-la numa delas... num dos clones. Não quero que aconteça isso com você, só isso.

Mordo o lábio.

— Isso era para ser um elogio? — pergunto.

— Não, só um aviso.

Ficamos nos encarando em silêncio. Olha nos meus olhos pela primeira vez desde que se aproximou de mim. Sua expressão vaga não faz sentido. Ou é o moleque mais socialmente desajustado que já conheci, ou um dos mais espertos. Seja qual for a opção, é de longe a coisa mais interessante desta cidade até agora.

Ele se afasta um passo e para, fazendo um gesto como se tivesse esquecido algo, e volta. — A propósito, meu nome é Lukas.

— É o que devia fazer antes de incomodar garotas que não conhece, sabia? — digo.

— É? Bem, estamos em Maplecrest — ele fala.

— O que isso tem a ver com a história?

— Vai ver. Muitas coisas em Maplecrest são feitas de outra maneira.

Ele começa a ir embora de novo, e dessa vez eu o detenho.

— Não quer saber meu nome? — pergunto.

— É Hannah — diz, e sorri pela primeira vez. E fico um pouco surpresa, porque o sorriso até que é bonitinho. — Eu estava prestando atenção quando o professor chamou seu nome.

— Ah, tá — respondo, e me lembro do terceiro tempo pela segunda vez. — Bem, obrigada pelo aviso — falo num tom que deixa claro que não levei tanto a sério.

— Fique longe delas para o seu próprio bem — diz num tom que deixa claro que está levando tudo muitíssimo a sério. Então desaparece no meio da multidão e me deixa sozinha ouvindo trechos de várias conversas à minha volta até o sinal tocar.

Os sussurros começam assim que me sento. Vozes baixas atrás de mim, de uma maneira que pareçam discretas, mas, ao mesmo tempo, que eu consiga escutá-las. O som das sílabas meio sibilante, como se fossem cobras conversando. Um idioma secreto, murmurado atrás de mãos tapando bocas.

Não preciso ouvir o que dizem para saber que falam de mim.

Mordo o lábio e mantenho os olhos em segurança no meu caderno porque sei que isso é um teste. Notei que fui observada ao entrar. Cabelos tão louros que seriam brancos se não fosse pela cor de neve da pele. O suave brilho azul em seus olhos eletrizantes estudam como eu ando e como me visto. Tudo sobre mim, tentando entender onde me encaixo.

O melhor a fazer é ignorá-las. Apesar do que pensa Lukas, o garoto do refeitório, eu sei como a popularidade torna as pessoas más. Passei tantas vezes por isso que já sou profissional. Sei que um olhar errado na direção delas pode me converter em alvo de fofoca pelo resto da minha permanência neste lugar.

Quando os sussurros diminuem, ouço as garotas se mexerem nas cadeiras e passos vindo em minha direção. Então, o cheiro do perfume de baunilha paira sobre o ombro e me preparo para descobrir qual será o meu destino.

— Ei, novata? — diz uma delas. Viro meu rosto e olho para cima, onde estão paradas.

— Ei — respondo. O tom da minha voz é mais baixo do que eu pretendia, e elas parecem notar. Dão risinhos diante do nervosismo que provocam em mim.

— Seu nome é Hannah, né? — a outra fala, e concordo. — Bem, eu sou a Morgan. E esta é a Miranda.

— Oi — falo ainda mais baixo do que antes.

Miranda me responde com um sorriso convencido. As mãos estão firmes na cintura, e as costas ligeiramente arqueadas como um gato arredio.

— A gente estava comentando como adoramos sua bolsa — diz, dando uma olhada na mochila com os arranjos de flores costurados.

— Valeu — falo sem parecer contente. Não ouso virar para a minha bolsa. Em vez disso, mantenho os olhos nelas. Procurando por sinais do que virá a seguir, porque não me sai da cabeça que é uma cilada.

— Onde você a comprou? — Morgan pergunta. Olho para ela com cuidado antes de responder. Não há traço de maldade em sua expressão. Inocente como um anjo, com um sorriso amigável nos lábios, também, e começo a relaxar.

Eu estava exagerando.

Culpa daquele tal de Lukas, que tentou me assustar.

Começo a respirar com calma.

— Fui eu mesma que fiz — digo com um pouco mais de confiança agora.

— Sério? Que máximo! — diz Morgan. Então, ela se abaixa para ver melhor, passa os dedos pelas flores costuradas e sorri para mim. Pergunta onde as arrumei e se foi difícil. Começo a sorrir de volta, dizendo que não foi tão complicado assim. Faço o possível para não demonstrar meu orgulho por isso.

— Não pode ter sido assim *tão* fácil — fala Miranda.

Viro o olhar para ela e percebo o início de um sorriso cruel. O tom rosa debaixo dos olhos deixou de ser delicado. Tem mais jeito de fogo do que de pétalas de flores, como era antes.

— Quero dizer, você devia estar no segundo ano ou algo assim, certo? — diz. As palavras parecem o som de um cão raivoso com dentes afiados.

Elas esperam meu rosto ficar vermelho como um pimentão para começarem a rir. Voltam aos seus lugares assim que mordo os lábios, e me deixam sozinha com a certeza de que fui humilhada.

— Você acredita que ela achou que a gente estava falando sério? — ouço Morgan dizer.

Miranda ri e concorda.

— Qualquer pessoa com uma mochila de menininha idiota como aquela provavelmente acreditaria em tudo.

Fico calada, porque caí nessa por minha culpa. Nunca devia ter abaixado a guarda. Foi idiotice minha. Já devia saber. Mas realmente acreditei nela. Parecia tão sincera ao mentir.

Empurro a mochila para debaixo da mesa com os pés. Sei que Morgan e Miranda vão dar risinhos, mas não ligo. Só quero mantê-la fora de vista. Mas me sinto mal ao fazer isso na mesma hora. Assim como quando eu escondia meus bichinhos de pelúcia para que as minhas amigas não soubessem que ainda os tinha. Então puxo a mochila um pouquinho de volta para o corredor e tento ignorar as risadas que recomeçam a algumas mesas atrás de mim.

Os sussurros retornam ainda mais alto para que eu ouça melhor dessa vez. Comentam como minhas roupas baratas me fazem parecer uma mendiga. Sinto meu rosto ficando mais vermelho enquanto elas disparam insultos como balas. Uma metralhadora de sussurros que só se cala quando a professora de inglês entra na sala e começa a fazer a chamada.

Ouço os nomes sendo lidos em voz alta. Vejo mãos se levantando, acompanhadas pelo coro de "presente", enquanto a professora segue a lista alfabética. E acho que devia ter dado ouvidos ao Lukas. Devia ter mantido distância de toda e qualquer animadora de torcida.

Levanto o braço ao ouvir a professora chamar meu nome.

— Presente — a voz sai parecendo uma pequena tosse.

A professora para e tira os olhos do papel em suas mãos. Aperta os olhos para memorizar meu rosto.

— Bem-vinda a Maplecrest, Hannah Sanders — diz, parecendo não estar nem aí, e lê o próximo nome.

Afundo na mesa.

Não há dúvida de que recebi as boas-vindas. Minhas duas novas melhores amigas cuidaram disso. Fizeram questão que eu soubesse onde me encaixo. Com os excluídos, na base da cadeia alimentar. Sozinha na mesa dos esquisitos, almoçando com Lukas.

Olho para o relógio pelo resto da aula, contando os minutos até o dia acabar. Ignoro os rumores sobre mim que se dispersam pelas mesas como uma doença. Espalhados numa série de sussurros, risadas e olhares maldosos em minha direção. Faço o possível para não demonstrar que me afetam. Olho para o relógio, esperando o momento para desaparecer no fluxo de alunos no corredor. Ansiosa para voltar a ser anônima.

DOIS

Seria difícil classificar meu primeiro dia no Maplecrest High como um sucesso. Longe disso, na verdade. Tirando um admirador sinistro e um par de animadoras de torcida perfeitas e metidas, ninguém me notou muito. Levei umas olhadas de lado, e foi tudo. Não acredito que a galera de uma cidade tão chata me ache tão sem graça. Devo ser mais digna de pena do que pensava.

Meu pai diz que preciso me esforçar mais. "Vão mudar de opinião quando conhecerem você." Foi o que falou ontem, quando voltei para casa e contei como meu dia tinha sido uma droga. Não me animou muito. Quer dizer, é isso o que os pais são obrigados a falar. É tipo uma lei paterna, que manda considerar que seu próprio filho é especial. Embora não faça sentido, se pensar bem. Todos acreditam nisso, mas nem toda criança é especial. Em um determinado momento, alguns pais descobrem que estavam enganados.

O meu pai com certeza é um desses. Nossas vidas são marcadas pelos seus erros, então é provável que ele esteja errado sobre mim também. É bem possível que eu seja tão interessante quanto o som de armários se fechando no corredor.

Mas ainda não estou disposta a desistir.

De qualquer forma, o segundo dia é mais importante do que o primeiro. Pelo menos sempre pensei assim. É como os cachorros que eu via no parque quando a gente ainda morava na cidade. Eles passavam os primeiros 15 minutos se cheirando, antes de decidir se iam brincar ou brigar. É para isso que serve o primeiro dia num colégio novo: para cheirar o cachorro desconhecido. É no segundo dia que decidem se querem brincar comigo ou se vão me afugentar.

Claro que são opções que posso fazer também.

Não preciso ficar sentada esperando ser notada, não no segundo dia. Posso ir até a galera sem problemas. Acho que é isso o que meu pai quis dizer com se esforçar. Mas faz mais sentido quando descubro por mim mesma. Não gosto que ele esteja certo, só isso.

— Você é capaz, Hannah! — sussurro para mim antes de tomar fôlego e fechar o armário. Coloco a mochila nas costas e as mãos nos bolsos, entro no fluxo de risadas e pés sendo arrastados, passando por pequenos grupos de amigos até chegar à sala de aula. Cruzo os dedos no fundo dos bolsos e passo os olhos pelas mesas — em sua maioria, vazias — à procura de um rosto amigável.

Minhas opções não são das melhores.

Tem um garoto de cabelos escuros sentado no canto perto da janela. O cabelo é preto como a noite, e cai caspa toda vez que ele passa os dedos na cabeça ao virar as páginas do livro, que está a poucos centímetros dos óculos de lentes grossas. É, não é exatamente meu ideal de melhor amigo.

As outras duas opções não são muito melhores. Uma está dormindo, e a outra é uma menina parecida com um ratinho, com as mãos dobradas sobre a mesa como se estivesse na igreja. Além disso, a maquiagem dela lembra uma criança brincando de adulto, com batom forte e o blush em círculos como se fosse um palhaço de circo.

— Com licença, quero passar — diz uma garota ao tocar no meu ombro, virando o corpo para se esgueirar pela porta que estou bloqueando.

— Ai, foi mal — digo e dou um passo para o lado. Só que ela vai para a mesma direção, e acabo na sua reta. — Foi mal — gaguejo de novo, notando o brilho platinado do cabelo pela primeira vez, e o sorriso de animadora de torcida.

É uma delas.

É perfeita e popular, e acabo de esbarrar nela como uma atolada. O lance da mochila e agora isso! Segundo vacilo. Mais um e a panelinha vai me odiar para sempre. Então peço desculpas outra vez e saio do caminho dela com cuidado.

— Sério, tá tudo bem — diz. Abre um sorriso ainda maior e balança a cabeça para deixar claro que está sendo sincera.

— Estava apenas... — começo a falar, sem a mínima ideia do que eu estava fazendo. — Sei lá... sonhando acordada, eu acho.

— Não foi nada — fala. Um segundo sorriso me mostra que está dizendo a verdade e que posso ficar calma. Ela se afasta alguns passos antes de me olhar outra vez e pergunta. — Onde está sentada?

Dou de ombros.

— Em nenhum lugar ainda.

— Sente aqui — aponta para uma mesa no fundo da sala, ao sentar na do lado. Só consigo imaginar que é outro truque. Mais uma pegadinha, igual ao elogio que Morgan fez ontem sobre a mochila, porém não posso recusar o convite. Além disso, do jeito que falou pareceu mais uma ordem do que um convite.

Sento no lugar que ela mandou.

— Qual o seu nome mesmo? — pergunta. — O meu é Meredith.

— Oi, o meu é Hannah.

Mordo meu lábio pensando no que dizer. Mas nada me vem à mente, e me sinto uma idiota sentada ali, olhando para ela. Então viro o rosto, fingindo ler as faixas e avisos presos nas paredes de anúncios de concentrações e jogos de futebol. Meredith está ocupada ajeitando o cabelo num espelhinho de bolso e parece nem ligar se falo ou não. E sei que estou desperdiçando uma chance de me enturmar com ela, mas não consigo evitar. Nada de interessante me ocorre.

Meu Deus!

Vai ver sou mesmo tão sem graça quanto a menina-ratinho na primeira fila!

Ouço o som do pó compacto se fechando e dou uma espiada em Meredith no momento em que puxa o zíper da bolsa. Vejo através das mechas do meu cabelo: ela está me estudando. Eu sei disso. Procura defeitos em mim, e imagino se eu ouviria cochichos caso alguma amiga dela estivesse ao seu lado.

— Então... — diz para chamar a minha atenção. Viro, cruzando os dedos e torcendo para não ficar vermelha que nem um pimentão enquanto ela me observa cuidadosamente. — Então, qual é a sua? — Meredith finalmente pergunta.

Abro a boca, sem palavras.

Nunca me fizeram uma pergunta como essa, e não sei como responder. Nem sei se entendi.

— Hã... — gaguejo, sentindo a língua presa, enquanto luto para arrumar uma resposta.

Meredith ri, mas não de uma maneira cruel. É um riso de quem foi mal-entendida, e ela refaz a pergunta.

— Quero dizer, o que você curte? Não é daquelas garotas que escrevem poemas sinistros sobre afogamento e coisas do gênero, é?

Nego com a cabeça.

— Não — digo, e percebo um leve sinal de aprovação, como o brilho de um raio na tempestade azul de seus olhos.

— Então, o *que* você curte? — pergunta, e em sua voz há um tom de advertência.

— Não sei — dou de ombros. — Coisas normais, eu acho.

— Ótimo — diz Meredith. — Também gosto de coisas normais.

Então a gente ri um pouco da nossa idiotice, e tudo fica mais fácil agora que parecemos nos conhecer. Ela pergunta quais são as minhas disciplinas. Entrego o horário, que mantenho no bolso para olhar ao fim de cada aula e, assim, saber para onde devo ir. Meredith examina, fazendo caretas ao ler o nome dos professores. As caretas ficam mais dramáticas para me indicar quais deles são realmente terríveis, e quais são apenas chatos.

Fico calada, concordando com tudo o que diz. Isso parece agradá-la a ponto de continuar falando. Por mim, ouvir está de bom tamanho. É melhor do que ser ignorada.

Porém, o início da aula acaba com a nossa breve amizade. O professor aperta os olhos e solta um grunhido para a turma, pedindo silêncio. Meredith e eu nos viramos para a frente enquanto ele começa a chamar os primeiros nomes da lista. O rosnado do professor parece menos ameaçador do que ontem, só porque Meredith está sentada ao meu lado e falou comigo.

Ele faz a chamada sem tirar os olhos da lista. Cuspindo nossos sobrenomes como se tivesse nojo. Não se importa em conhecer os rostos, desde que estejam *presentes*. Dou uma espiada em Meredith, que revira os olhos para indicar que o Sr. Edwards, nosso professor, é daqueles que pertencem à categoria dos realmente terríveis.

Quando o sinal toca, todo mundo se levanta e recolhe suas coisas. Jogo a mochila no ombro e saio da mesa. Hesito por um segundo, pensando se devo ir embora ou esperar por Meredith.

Decido esperar, o que aparentemente a agrada. Saímos juntas para o corredor, mas não passamos disso. Imediatamente, um grupo de louras quase idênticas a Meredith encontra com ela. Porém, consigo distinguir uma entre as demais. Porque, não importa quanto elas se pareçam entre si, Morgan sempre se destaca.

Ela nem tenta esconder a expressão cruel ao apertar os olhos em minha direção.

— Por que está falando com *ela*? — pergunta para Meredith, como se eu fosse uma doença a ser evitada.

Meredith dá de ombros.

— Nem estava.

Sinto o estômago revirar e o rosto ficar vermelho. Abaixo a cabeça e continuo andando, torcendo para que não me notem. Não que esperasse que Meredith fosse me defender, mas ainda assim me sinto um lixo. Porém, a culpa é minha. Uma conversa idiota e já começo a pensar que podíamos ser amigas.

— É bom mesmo — diz, fazendo cara de desprezo. — Aquela garota é esquisita.

Viro para trás a tempo de levar mais uma olhada cruel de Morgan, antes que elas desapareçam no fluxo de alunos no corredor.

Lá se foi minha teoria do segundo dia.

Lukas está esperando por mim quando entro no refeitório. Noto que ocupa a mesma mesa em que sentei ontem, mas é esperto o suficiente para tentar disfarçar. Está de cabeça baixa, enfiada no braço como um gatinho que esconde o rosto com a pata ao dormir.

Mas não me engana. Podia ter sentado em qualquer lugar se quisesse cochilar. Sentou ali por minha causa.

— Que beleza — suspiro, e me aproximo. — Acho que somos companheiros de almoço novamente — digo, jogando os livros na mesa. Ele se levanta com um sobressalto pelo impacto e esfrega os olhos para manter a ilusão de que caiu no sono nos dois minutos que levei para chegar aqui.

— Ah... ei — boceja ao se espreguiçar.

Reviro os olhos e balanço a cabeça ao sentar ao lado dele.

— Sabe, é bem infantil de sua parte fingir que não estava me esperando — disparo, tentando deixá-lo um pouco nervoso, mas Lukas nem se abala. Até ri, o que me faz pensar como um excluído como ele pode ser tão confiante.

— Bem, eu não tinha certeza — responde. Seus olhos têm um brilho fraco debaixo das mechas oleosas do cabelo desgrenhado, e ele volta a inclinar o corpo para dobrar os braços sobre a mesa. — Nunca se sabe... quero dizer, já podiam ter transformado você em uma delas — diz, e indica com a cabeça Maggie Turner e seu clã de animadoras de torcida.

Eu o encaro, tentando descobrir se está de provocação ou não. É aí que percebo quem Lukas me lembra. É igualzinho a um personagem de um filme que vi que meio que enlouquece e mata o melhor amigo. Não sei por quê, mas, de alguma forma estranha, isso faz com que eu goste dele um pouco mais do que antes. Acho que, talvez, isso o torna meio interessante, e como Lukas está a fim de mim, também fico um pouco interessante por tabela.

— Não — digo. — Ainda sou a mesma de sempre.

— Mas aposto que já sondaram você — fala. — Para ter certeza que vai se encaixar quando decidirem lhe fazer lavagem cerebral.

— Lavagem cerebral? Dá um tempo — respondo. Tento parecer chateada, mas não consigo evitar espiar a mesa das populares, onde Meredith está falando sem parar com as outras. A conversa que tivemos é reproduzida em minha cabeça, especialmente o momento em que ela me perguntou o que eu curtia.

Lukas também nota.

— Estou certo, né?

— Talvez — digo como se não me importasse. Por dentro, no entanto, estou quase sorrindo. E se ela estivesse mesmo me sondando? Ao menos teria uma chance de não ficar na mesa dos excluídos pelo resto dos meus dias em Maplecrest. Claro que esse sonho só é possível se me esquecer de Morgan.

Lukas dá um muxoxo de desprezo e resmunga que sabia que isso ia acontecer.

— Eu avisei — disse ele. Fecha os punhos e olha com ódio para elas, como se tivesse perdido um jogo que ninguém sequer sabia que estava em disputa. — Olha, você tem que ficar longe delas — rosna.

Não consigo imaginar o motivo para ele ficar tão chateado, ou mesmo se importar tanto com isso.

— Por quê? — pergunto de brincadeira. Não consigo evitar um pouquinho de provocação. É fácil demais. — Está apaixonado por mim, por acaso? Com medo que me levem embora e a gente nunca mais possa se falar?

Lukas fica todo tímido. Piscando os olhos. Virando o rosto para que eu não perceba que está envergonhado e que há certa verdade no que falei. Mas o gesto é bonitinho. Ele chega a ser meigo quando não banca o esquisito.

— Não é isso — fala entre dois suspiros exagerados. Como se quisesse dizer que o que estou pensando é bobagem, mas acaba parecendo exatamente o contrário.

— Bem, então o que é? — pergunto, não porque queira mesmo saber. Só fiquei meio mal pela provocação. Então viro para ele, dando total atenção e fazendo cara de que sou toda ouvidos.

— É que... elas são perigosas, ok?

— Sério? — Dou uma olhada para a mesa das animadoras de torcida, que estão sentadas como passarinhos num fio de poste de telefone, e franzo a testa. — Não parecem tão perigosas.

Lukas afasta a cadeira e desvia os olhos para baixo. Não sei o que fiz para ele ficar tão decepcionado.

— Só falei o que é óbvio — explico.

— Esquece — ele dispara.

— Tanto faz, já esqueci.

Ele se recusa a levantar os olhos. Fica enrolando sem parar os cadarços do casaco, deixando cair e desenrolar até recomeçar outra vez. Espero mais ou menos um minuto para que ele volte à realidade, mas continua na dele. Só fica ali sentado, como um menininho chateado porque ninguém quis saber seu segredo, e que se calou quando alguém perguntou.

Por mim, tudo bem. Só perguntei mesmo para ser gentil.

Pelo menos posso almoçar em paz agora. Isto é, até ele parar de ficar aborrecido e me contar assim mesmo. Diz que Maggie e as demais fazem parte de um culto de zumbis ou algo do gênero. Quase cuspo o que estou bebendo, rindo da cara séria com que ele me diz isso.

Não fala mais nada.

Não tenta explicar o que isso quer dizer

Nem ri junto comigo.

Não faz nada além de ficar ali sentado e voltar a brincar com os cadarços do casaco. Faço a cara mais séria possível e viro para ele, para que diga que foi brincadeira, mas ele não olha para mim.

— Acho que você é a pessoa mais estranha que já conheci — digo, atraindo o olhar dele. Sorrio para deixar claro que não falei por mal. E é verdade. Sem ele por perto, eu provavelmente morreria de tédio.

TRÊS

Meredith está em frente ao seu armário quando vou até o meu, no fim do dia. Não há ninguém parado nos dois armários entre os nossos. Estamos separadas por alguns centímetros de espaço vazio, mas parece que é o infinito. Igual à distância entre os oceanos ou aquela que impede que os anos se atropelem. Assim como esses exemplos, é um espaço que acho impossível encurtar.

E depois da manhã de hoje, nem sei se quero.

Porém, se não falar com ela, posso parecer grossa.

Além do mais, ela não foi má comigo. Eu é que exagerei em relação ao que ela falou para Morgan. É Morgan quem me odeia sem ter motivo, não Meredith. Ela, aliás, foi legal na aula, e pode ser que seja agora, também.

Mas não importa quantas vezes eu tente me convencer disso, meu estômago começa a revirar quando caminho até ela. O frio na barriga aumenta enquanto a distância entre a gente diminui de dois armários para um, até não haver mais nada entre nós.

— Oi — falo.

Queria retirar o que disse na mesma hora, porque a palavra saiu como um sussurro rouco. O silêncio de Meredith aumenta ainda mais minha vontade de ter ficado quieta. Fico ali parada como uma idiota, trocando o pé de apoio e contando os segundos, imaginando quantos devo esperar até ir embora.

Mas a contagem chega só até três quando Meredith se vira.

— Ah, oi — diz, arrumando com cuidado o último livro dentro do armário. — Hannah, não é? — Aperta os olhos ao perguntar, mas, apesar do tom de pergunta, sei que conhece a resposta.

— Isso. — Mordo o lábio para esconder um sorrisinho ridículo. Ela deve pensar que sou tapada, porque se vira para o armário, fingindo verificar se precisa de algo antes de ir embora.

— Então, foi legal o dia? — murmura em tom meio irritado.

— Normal — dou de ombros.

O sol da tarde entra pelo canto do corredor e bate em Meredith quando ela se vira para mim. Suas feições somem diante do brilho, a pele pálida fica ainda mais branca, enquanto o azul dos olhos aumenta de intensidade. Ao lado dela, tenho a nítida sensação de ser imperfeita.

— Bem, tenho que ir ao treino — diz ao fechar o armário.

— É — respondo, apenas porque acho que deveria emitir algum som. Viro de costas e vou para o meu armário, aliviada por escapar.

— Ei? — diz Meredith enquanto destranco o armário. Olho para trás pelo ombro, levantando as sobrancelhas. Seus olhos azuis brilham como lanternas, me examinando de cima a baixo, observando minha postura e roupas. Não consigo evitar o constrangimento e a vergonha. Mas então ela sorri, e sinto que fui aprovada, como se tivesse passado num teste. — Já pensou em tentar entrar pra equipe?

— Eu? — respondo, fazendo Meredith sorrir. Balanço a cabeça, porque não tinha pensado nisso. E nem imaginava que quisesse ser uma animadora de torcida, mas não consigo evitar a curiosidade e um pouco de animação diante do convite.

— Por que não? — pergunta em tom de surpresa. Acho que todas as meninas dessa cidade quiseram um dia ser uma delas. Provavelmente teria sido o meu sonho também, se Meredith tivesse esperado alguns dias antes de fazer o convite. — Você devia tentar — sorri, e diz que a gente se vê amanhã. Vira as costas e a vejo desaparecer pelo corredor.

Ao sair do prédio, uma menina me alcança, tocando no meu ombro com um sorriso amigável.

— Ei, espera aí! Acho que estamos na mesma aula do sexto tempo — diz. Começo a pensar que o lance do segundo dia não é tão furado afinal.

Se não estivesse um pouco empolgada pelo convite de Meredith, provavelmente teria uma postura defensiva.

Fingiria que não a conheço, que não lembro que senta atrás de mim na aula de história. Agiria como se não me importasse. Mas fico contente por não fazer nada disso, porque ela parece legal. Uma provável melhor amiga.

— Acho que estamos sim — digo. Ela levanta a mão, meio que gesticulando para dizer que se chama Diana. Eu a interrompo e falo que já sei. — Minha maldição é ter uma boa memória — repito uma frase que meu pai diz. Sempre fala que isso é algo que herdei dele, uma memória de computador, que não se esquece de nada — mesmo que eu queira. A maioria das pessoas não se recorda da metade do que ouve ou vê. Claro que algumas boas lembranças são perdidas, mas, convenhamos, grande parte delas não é tão legal assim. Não acho que seria má ideia poder esvaziar a memória de vez em quando, como se faz com o lixo.

— Ouvi você falando com a Meredith — diz Diana, e me pergunta se penso entrar para a equipe. — Não é da minha conta, mas só estava imaginando. — Seus dedos agitados se mexem dentro dos bolsos como pequenas aranhas. Então começo a perceber os detalhes lentamente.

A sombra rosa em volta dos olhos verdes sem graça.

O blush que mal esconde a pele ruim.

A saia que não é curta o suficiente, e o cabelo que não é tão louro quanto deveria.

Ela é uma wannabe. Uma integrante da legião de imitadoras de Maggie Turner que nunca chegaram lá. Jamais foram aceitas pela rainha da escola, mas mesmo assim não abrem mão da fixação por tudo que diz respeito a Maggie Turner. Ficam de fora, querendo saber de qualquer fofoca. Qualquer coisa sobre As Louras, por menos importante que seja, as deixa felizes. Sentem-se como se estivessem por dentro.

Por isso ela quer saber de mim.

Quer descobrir se sou a nova recruta, uma garota popular em potencial. Alguém com quem valha a pena conversar. Talvez eu devesse ficar chateada por essa ser a única razão para Diana se importar em me conhecer. Lukas acharia que isso devia me aborrecer. Mas, de alguma forma, não me aborreço. Quando se muda tanto quanto eu, é preciso aproveitar qualquer oportunidade para fazer amigos.

— Não sei — falo. — Nem cheguei a pensar no assunto.

Diana faz um ar de surpresa como uma atriz de filme antigo. Algo tão dramático que fica evidente para mim que ela leva isso muito a sério.

— Mas *tem* que pensar — diz. — Elas não saem convidando todo mundo. — Pelo tom de sua voz, percebo que o *todo mundo* significa ela, que jamais foi convidada.

— Pode ser, mas acho que não tem nada a ver comigo — admito. — Nunca me imaginei como animadora de torcida.

— Mas você seria perfeita! Todo mundo anda dizendo isso. Quero dizer, as meninas mais bonitas sempre acabam na equipe, no fim das contas.

Diminuo o passo para encará-la. A maneira como falou isso, como se não houvesse nada de estranho, me dá um arrepio. É quase a mesma coisa que o Lukas vem tentando me dizer, que tentariam me tornar uma delas.

— Quem é todo mundo? — pergunto. A animação que senti quando nos conhecemos há um minuto vira um aperto no estômago, um frio de matar dentro da barriga.

Diana parece envergonhada pela primeira vez, vermelha por baixo da maquiagem e sorrindo de nervoso, como se tivesse dado com a língua nos dentes.

— A escola inteira — sussurra. — Todo mundo notou quando viu você pela primeira vez. É que você é tão bonita quanto qualquer uma delas — diz ao sairmos para a rua, sentindo o vento frio vindo das montanhas que cercam a cidade.

— Obrigada — murmuro. Não sei mais o que falar, porque não quero parecer paranoica, nem imaginar se Diana faz parte de alguma conspiração colegial, o que soaria ridículo se eu perguntasse. Além disso, provavelmente não é nada. Vai ver que estou só bancando a idiota, e ela só está sendo legal.

Culpo Lukas.

É culpa dele, por encher minha cabeça com esses avisos.

Andamos juntas na grama até Diana me avisar que tem de seguir para o outro lado. Diz tchau, mas fica parada, esperando um segundo com o vento batendo no rosto, até falar:

— Sabe, você devia mesmo pensar a respeito.

— Talvez eu pense — digo, porque parece tão importante para ela e, por algum motivo, não quero decepcioná-la. Não agora que a amizade mal começou.

É a resposta que Diana queria ouvir. Abre um sorriso maior, virada para o sol. Então acena e corre na outra direção. Fico parada por um minuto e balanço a cabeça. Não importa quantas vezes me mude, algumas coisas são sempre as mesmas. Uma delas, com certeza, são as cidades pequenas cheias de gente estranha.

QUATRO

Meu pai está acostumado a me ver deprimida pelos cantos. Segundo ele, virei uma especialista nos últimos anos, uma verdadeira craque. Por isso estranho que não perceba o meu mau humor quando dá um sorriso ao sair do seu quarto.

O sol do sábado de manhã brilha pela janela e o deixa sem ver nada. Ele inspira fundo e pergunta.

— O dia não está ótimo?

Reviro os olhos e volto a assoprar o café, vendo as pequenas ondas se formando como se estivessem num laguinho. Ele não nota, porém, e continua a falar sobre as maravilhas desse sábado em particular. Comenta sobre o ar puro, dizendo que o cheiro de pinho faz bem.

— Pai, isso é o cheiro de mofo desta casa nojenta e úmida — digo. — É bem capaz de deixar a gente doente.

— Percebo que está animada e contente como sempre — responde ao pegar uma caneca no armário. Não fala por mal, apenas acha que piadas vão melhorar meu humor. Tudo o que fazem é me irritar.

— Deixa pra lá — murmuro e volto a olhar pela janela.

Ele se serve de café, pega o jornal de ontem na bancada e vem até a mesa se juntar a mim. A cadeira arranha o chão ao ser puxada. Meu pai senta e observa a minha expressão irritada.

— As coisas não vão bem na escola? — pergunta.

— Não exatamente — respondo em tom de acusação. De um jeito que fique claro que ele tem uma parte da culpa, porque foi sua a ideia de se mudar para cá. Falo num tom rancoroso para apagar seu sorriso.

Eu me sinto culpada na mesma hora.

Sei que deve ser difícil para ele me criar sozinha e tudo mais. Tenho noção de que faz o possível, desde que minha mãe nos deixou quando eu era muito pequena, mas com idade suficiente para me lembrar dela. E nem sempre colaboro, como agora. Dá para notar por seu olhar que acha que está me decepcionando.

— Pelo menos é sábado — é tudo o que finalmente consegue dizer.

Isso não é muito consolador, mas dou um sorrisinho na próxima vez que ele me olha. Afinal, não é culpa dele que Morgan tenha resolvido destilar seu veneno sobre mim desde que soube do convite de Meredith. Por causa dela, o motivo de minha mudança virou tema de fofocas, que ficam mais cruéis com o passar dos dias. Vão desde eu ser uma viciada em drogas que largou os estudos até eu ter sido expulsa do colégio por fazer sexo com um professor. Esses são apenas os rumores que ouvi ou li em bilhetes enfiados em meu armário nos últimos dias. Sejam lá quais forem as outras fofocas, são o bastante para me deixar isolada do resto da escola. "Diz-me com quem andas e te direi quem és" parece a norma na escola.

Todo mundo morre de medo de ser visto ao meu lado, especialmente Meredith. Diana ainda fala comigo, mas só porque torce para que eu acabe sendo milagrosamente aceita pelas Louras, e assim possa ficar na aba da minha fama recém-adquirida.

Lukas é o único que parece não perceber as fofocas, ou então nem liga. Como ninguém fala com ele também, não vê problema em sentar comigo e contar suas teorias sobre Maplecrest. Ideias malucas tiradas dos gibis de horror que lê. O pior de tudo é que fico contente com a companhia de Lukas, mesmo não aguentando ouvir as histórias.

De qualquer forma, essa situação toda não vai levar a nada. Meu pai ainda não achou emprego. Não o vejo marcar muitas opções ao folhear os classificados. Se não encontrar nada em breve, meus problemas vão se solucionar antes que eu perceba.

— Achou algo bom? — pergunto, tentando ter ideia de quando vou sair desse lugar. Ponho as mãos debaixo dos joelhos e cruzo os dedos, torcendo para que seja logo.

— Não diria que é algo bom — dobra o jornal e olha para mim. — Mas encontrei com um cara ontem, que disse estar procurando gente para um serviço de meio período — fala, para minha decepção.

Descruzo os dedos e levo a mão à boca, abaixo os olhos para a mesa e começo a roer as unhas.

— Ah, então isso quer dizer que vamos ficar aqui.

Ele estica o braço e apoia a mão em meu ombro. Meu pai me conhece o bastante para saber quando estou um pouquinho deprimida ou realmente chateada.

— Acho que sim, pelo menos por algum tempo — diz, em tom de desculpas.

Afasto sua mão e a cadeira.

— Ora, vamos, Hannah — fala de brincadeira. — Não pode ser assim tão ruim.

— Lembra de Buchanan? — digo, citando a escola em que fiquei por exatas duas semanas. Foram as mais embaraçosas da minha vida, graças à puberdade e à pouca experiência do meu pai, que não me falou que absorventes são uma benção. Duas semanas sendo chamada de Hannah Vermelha. E noto em sua expressão que, por mais que tenha tentado esquecer, ele ainda se lembra muito bem.
— É quase tão ruim quanto aquilo! — falo.

Noto que ele está segurando um sorriso por achar que estou exagerando.

— Esquece! Sabia que não ia entender. — Levanto e vou para o quarto num rompante. Não é justo que a gente se mude quando a situação não vai bem para ele. Mas quando é comigo, puxa, que pena.

Fecho a porta e ouço meu pai se levantar da mesa. Me atiro na cama, no meio das roupas e deveres de casa, e escuto o som de seus passos vindo pelo corredor. Viro de lado quando abre a porta. Não quero vê-lo, nem falar com ele. E, se pudesse, também não ouviria quando diz que sente muito.

— Dê tempo ao tempo — diz. — Faz isso por mim, por favor?

— Tempo para quê? — falo para o reflexo dele na janela. Sei como são as panelinhas. O tempo vai passar e vão continuar não gostando de mim.

— Não sei, talvez você faça outros amigos.

As casas do outro lado da rua me encaram pela janela com seus aposentos vazios. A grama está imensa e as placas de VENDE-SE balançam ao vento, enquanto as folhas rodopiam pelo asfalto como arbustos em uma cidade fantasma de faroeste.

— Que amigos? — pergunto para o reflexo, que flutua atrás da imagem das janelas vazias das casas abandonadas. — Caso não tenha percebido, essa cidade morreu há muito tempo — sussurro. Falo mais para mim mesma do que para ele, olhando a mochila rosa ao lado da minha cabeça. — Agora não sobrou mais nada além das animadoras de torcida e jogadores de futebol, e do mundinho perfeito que criaram somente pra eles. Mundinho ao qual não pertenço — murmuro, passando os dedos nas flores da mochila.

Ele não diz nada.

Só vai embora.

Por mim, está ótimo. De qualquer forma, prefiro ficar sozinha quando estou com pena de mim mesma.

Quando Lukas bate na porta, meu pai já tinha saído para ver aquele tal emprego de meio período. Eu o observo pelo olho mágico por um momento antes de atender. Não esperava que aparecesse aqui. O cabelo desgrenhado balança ao vento enquanto ele assopra as mãos para espantar o frio do outono. Não sei se abro a porta ou o deixo tremendo até que decida ir embora.

— Hannah? — grita, batendo na porta outra vez, de repente.

Eu giro a maçaneta e suspiro.

— Ah, oi, não sabia se estava aí — diz. A expressão ansiosa que vi pelo olho mágico desaparece, substituída por um sorriso educado, e a voz assume um volume mais baixo. — Tudo bem eu ter vindo aqui?

Me apoio no umbral, com uma das mãos na cintura e a outra pronta para calá-lo.

— O que você quer, Lukas? — tento parecer aborrecida, para que não saiba que me salvou do tédio. Mas tenho cuidado para não exagerar, porque não quero que vá embora por enquanto.

Ele não demonstra nada da confiança que finge ter no refeitório. Não quando está do lado de fora da minha casa, me vendo de pijama, com uma expressão facial que deixa claro que ele gosta de mim. As bochechas rosadas estão vermelhas demais para ser culpa do vento frio. Os olhos castanhos não olham nos meus, porém não conseguem evitar me observar.

— Hã... — gagueja. Enfia as mãos nos bolsos do casaco e muda o pé de apoio, tirando os olhos de mim pela primeira vez para encarar os cadarços do tênis. — Pensei em vir aqui... pra ver se gostaria de ir ao jogo.

A corrente de ar levanta a minha blusa acima da cintura, e ajeito antes que Lukas olhe para cima de novo. Faço uma careta para indicar que não tenho a mínima ideia do que está dizendo.

— O jogo do colégio — fala. — Aquele que está anunciado nos cartazes idiotas do corredor, sabe?

Sei qual são os cartazes. Foram colocados na sexta, e são os mais idiotas que já vi: vermelhos com letras pretas e a frase *TORÇA PELO ESQUADRÃO DA MORTE!* rabiscada. O adorável apelido que as animadoras de torcida deram para o time de futebol americano. Vai ver que o mascote do colégio — um texugo — não era impressionante o suficiente.

— Por que quer ir ao jogo? Achei que odiasse tudo a respeito delas — pergunto, mexendo na ponta do cabelo e dando um sorriso de deboche. Acho que o peguei numa mentira. Depois de tanto implicar comigo por estar curiosa sobre elas, agora parece ser ele tão curioso quanto eu.

— É, odeio mesmo — fala. — Apenas achei que quisesse ir. Aí vai poder ver o que venho tentando te dizer a semana inteira.

— Aham. Até parece que esse é o motivo.

Lukas dá um suspiro e vira o rosto de lado. Olha para o formato das nuvens que passam pelas montanhas lá longe, e percebo que o estou frustrando. É tão fácil com os garotos, pelo menos com os que estão a fim de mim. E é meio divertido também. Especialmente com o Lukas, porque ele acaba ficando nervoso. Mas, tudo bem, ele fica mais bonitinho assim.

— Olhe, é para o seu próprio bem — diz.

Sorrio e digo que parece meu pai falando. Sempre me aconselhando a sair e pegar um ar porque vai fazer bem para mim.

— É sério. Vai entender quando digo que todo mundo nesta cidade é louco — fala, com as mãos bem fechadas ao tirá-las dos bolsos. Seus olhos pedem que eu vá, quase implorando.

— Ah é, esqueci. — Tento não rir ao lembrar as maluquices que me contou quando finalmente decidiu revelar o *perigoso* segredo da cidade. — O que era mesmo? Elas são vampiras ou algo assim? — pergunto, dando risadas ao pensar na expressão séria que fez ao contar isso e de sua surpresa ao ver que ri.

— Não são vampiras, são zumbis! — diz. Não consigo mais me segurar, começo a gargalhar que nem uma criança. O tom vermelho em suas bochechas permanece, porém é mais sinal de raiva do que qualquer outra coisa agora. — Pode rir à vontade, mas é verdade. Vou te mostrar — fala, mais frustrado do que antes.

— Acho que você exagerou na dose de gibis idiotas — digo.

Creio que o magoei com essa, porque ele suspira e balança a cabeça. Tem uma expressão meio parecida com a que o vi olhando para Maggie e os clones, como se me dissesse que sou igual a elas. Igual a todo mundo que não dá ouvidos ao que ele fala.

— Esquece, então — diz, e começa a se afastar da porta.

— Não disse que não iria com você — grito assim que Lukas chega à entrada da garagem. Coloco as mãos na cintura em tom de provocação, como se fosse um teste para descobrir o quanto gosta de mim, vendo até onde me atura. E, aparentemente, ele gosta o suficiente a ponto de virar e voltar para a porta. — Eu vou, só espere eu me aprontar, ok? — digo, e Lukas concorda. Não deve ser pior do que passar o dia inteiro vendo filmes ruins na televisão.

Abro a porta e o convido a esperar dentro de casa. Lukas entra e vou para o quarto, olhando para trás para ver se a falta de mobília o faz mudar de ideia sobre mim. Mas ele nem parece perceber, apenas se senta, esperando. Até que ter um amigo como Lukas não é nada mal.

— Só para você saber, isso não é um encontro — grito antes de desaparecer no quarto. É mais brincadeira do que qualquer outra coisa. Só não quero que ele fique se achando, só isso.

— **Quem são** essas pessoas todas? — pergunto. Não esperava tanta gente. Vejo a multidão ao cruzarmos a grama que separa a calçada do campo. O público lota as duas arquibancadas e se espalha pelo gramado, onde há fileiras de duas a três pessoas em volta da cerca, tentando achar o melhor ponto para ver o jogo, empurrando e forçando a passagem até chegar à frente.

— É Maplecrest inteira — diz Lukas, com uma expressão neutra no rosto. Acrescenta que não é exagero, que a cidade vem em peso para os jogos.

— Por quê? — pergunto, agarrada à sua manga enquanto avançamos pela multidão. Se soltar, vou ser engolida pelo mar de estranhos e jamais o encontrarei novamente. — Tipo, sei que não há muito que fazer aqui... mas é isso mesmo?

— Já disse o motivo — responde, abrindo espaço dando cotoveladas, sem que ninguém se importe com os empurrões, ou mesmo pareça notar. — É como se todos tivessem sofrido lavagem cerebral — diz, apontando para a multidão como um todo.

Noto o olhar vidrado do público, com pupilas tão grandes que é possível ver as nuvens se movendo ao sabor do vento. A expectativa por violência faz com que as mãos das pessoas tremam. Falam umas com as outras em sussurros, jamais desviando os olhos do espetáculo que ainda nem começou. Não diria que sofreram lavagem cerebral, mas me perturba um pouco a forma como passamos invisíveis por elas.

— Anda! A gente vai se sentar lá em cima, onde ninguém fica — diz, guiando-me até as arquibancadas enquanto o time adversário entra no campo. Não ouço aplausos ao subir os degraus, apenas silêncio e algumas vaias esparsas recebem os jogadores adversários. Paro para olhar em volta, me perguntando por que não há ninguém da cidade deles, nem os pais ou alguém da torcida.

Comento com Lukas enquanto procuramos onde sentar no topo da arquibancada. Minhas palavras saem conforme o ritmo do meu tórax inflando e esvaziando, enquanto eu recupero o fôlego. Ele me diz que a torcida rival nunca vem, pois só jogamos contra colégios de cidades muito distantes, e a viagem é longa. As cidades vizinhas não querem mais disputar com a gente, porque a galera sai toda machucada.

— Foi por isso que elas inventaram aquele lance idiota de Esquadrão da Morte.

Reviro os olhos. Isso tudo me revolta.

Quando começo a imaginar por que vim até aqui, a multidão se cala, como se perdesse o fôlego ao ver o desfile de louras magricelas em uniformes pretos, que entram com alarde no campo.

O público irrompe num rugido ensurdecedor quando as animadoras de torcida se reúnem no centro do gramado. O barulho ecoa pelo vale e faz tremer todas as folhas das árvores próximas. A expressão das pessoas à nossa volta ganha um leve brilho quando elas conseguem ver as meninas de minissaias, pálidas como anjos, com os olhos azuis da cor do céu. As animadoras de torcida parecem lançar um feitiço sobre a cidade, e até as nuvens se abrem para a luz do sol da tarde, que brilha como uma aura sobre a cabeça dourada das meninas.

A gritaria da multidão cessa tão abruptamente quanto começou. Passa a ser de novo um murmúrio, que para quando Maggie levanta um punho para o céu. Ela exige a completa atenção de todos os olhos vidrados, e é obedecida. A multidão só presta atenção em seu cotovelo e no ângulo do seu punho.

— Viu o que quero dizer? — Lukas sussurra em meu ouvido. — Isto aqui é uma espécie de culto, e ela é a líder — aponta para Maggie e continua murmurando teorias conspiratórias enquanto as animadoras de torcida começam a coreografia, se reunindo para levantar Maggie. Lukas diz que ela manda que todas mudem de nome para que comecem com a mesma letra. Uma vez que uma menina se junta à equipe, tem de tingir o cabelo e virar um clone como Morgan, Meredith e todas as demais que estão jogando Maggie no ar. — E o resto da cidade aceita — fala, deixando claro que ele é a exceção.

E por mais que eu queira concordar com Lukas, e que odeie os olhares malvados de Morgan e suas ofensas, é difícil não ficar fascinada, como todo mundo, quando Maggie sobe cada vez mais. Ela recolhe as pernas e dá três ou quatro piruetas, até girar o corpo no ar e aterrissar perfeitamente.

— Como faz isso? — pergunto deslumbrada. Não parece possível. Ela parece frágil demais com aqueles ossos aparentes, e muito magra para ter tanta força ou energia.

— Porque é uma morta-viva — Lukas responde totalmente sério.

Eu o ignoro e continuo assistindo a coreografia. As garotas se juntam em um círculo apertado, de forma que seja possível ver somente uma delas, não importa o ângulo. Quando não conseguem mais se espremer, a banda começa a tocar. A cada batida, elas se afastam, como se a menina do centro se multiplicasse, gerando gêmeas de cada lado. Finalmente entendo porque precisam ser parecidas, porque torna tudo mais teatral e fascinante. O efeito é fantástico e meio assustador ao mesmo tempo.

Uma onda de silêncio varre as arquibancadas quando Maggie levanta a mão outra vez. Sinto um arrepio na pele, como se ouvisse alguém arranhando um quadro-negro.

Os sorrisos das animadoras desaparecem, e os olhos se abrem ameaçadores. A multidão as imita, observando enquanto elas marcham ao som dos tambores, formando letras que as pessoas entoam no ritmo.

— M!

— O!

— R!

— T!

— E!

— MORTE!

— MORTE!

— MORTE!

A plateia grita a plenos pulmões, batendo os pés seguindo o ritmo. As arquibancadas tremem com o volume e a vibração. Os rostos tão pálidos e inexpressivos quanto as pessoas no campo. As bocas se movem mecanicamente, de modo ameaçador. A cantoria chega ao gramado como uma tempestade violenta que faz o time adversário se retrair.

— Ainda me acha maluco? — Lukas sussurra.

As pessoas à nossa volta acordam do transe, piscam os olhos e começam a conversar. Retornando ao normal lentamente enquanto as animadoras de torcida saem da formação.

— É realmente algo bem estranho — admito.

— Bem estranho? — Lukas fala, indignado. — É um show de horrores!

Por causa do grito, a garota ao seu lado o encara desconfiada, e sussurra algo para a amiga. Lukas vira para ela com uma careta de animal raivoso, e a menina se afasta um pouco.

— Qual o seu problema? — sussurro, puxando-o pela manga como se controlasse um cão bravo.

— O problema é que a gente vai assistir a esses caras sendo estraçalhados por criaturas canibais, e a cidade inteira mal pode esperar para ver — diz, tomando cuidado para que ninguém o ouça, olhando de um lado para o outro para ter certeza.

— Agora o time de futebol também está envolvido? — provoco.

— Claro que está! Não percebeu que são tão pálidos quanto elas, e que têm os mesmos olhos azuis? Que estão mortos do mesmo jeito?

Acho que não prestei muita atenção neles. De qualquer forma, todos os jogadores de futebol americano parecem iguais para mim. E como a maioria que conheci era cruel e violenta, se os de Maplecrest forem ainda mais brutais só significa que são bons no que foram treinados para fazer.

— Sério, Lukas, você precisa parar com os gibis — digo. De início, imaginei que estava inventando tudo isso, tentando me convencer de que éramos nós dois contra o resto da escola. Achei fofo, meio romântico e tal, mas agora estou achando que ele acredita mesmo no que diz.

— Deixa pra lá — diz, e não fala mais nada. Fica recostado no parapeito atrás de nós e olha para o céu assim que o jogo começa. Por mim, tudo bem. Esta cidade já é ruim o suficiente sem que ele tente me convencer de que Maplecrest tem um exército de mortos-vivos belos e elitistas.

Ele continua de mau humor atrás de mim, bufando e suspirando.

Faço o possível para ignorá-lo, me recusando a olhar para trás e chamar sua atenção, ou ouvir mais histórias de terror. Em vez disso, assisto aos times em campo, não fazendo a mínima ideia do que está acontecendo.

Nunca entendi futebol americano. Sempre me pareceu um bando de caras grunhindo e pulando uns em cima dos outros. Meu pai tentou me explicar uma vez, dizendo que era simples, mas citou tantas regras diferentes e exceções que pedi para parar, porque depois de cinco minutos não parecia tão simples assim. Era complicação demais para valer o espaço na minha memória.

Mas não preciso entender o jogo para perceber que nosso time está ganhando.

Noto pela forma como nossos jogadores avançam contra quem tem a bola. Dobram o corpo do adversário ao som de ossos se partindo. Ouço os gritos de agonia dos outros jogadores prostrados no campo, e os berros assustadores do público vibrando. Percebo que toda aquela evocação da morte não era apenas encenação. Nossos jogadores querem mesmo acabar com os rivais.

Mas é assim que o jogo é disputado, não é? Não quer dizer que sejam zumbis ou algo do gênero, nem que queiram tirar os capacetes e devorar os adversários. Só significa que desejam ganhar acima de qualquer coisa, que são típicos jogadores, apenas isso. Ainda assim, a situação toda tem um ar sinistro. Aliás, a cidade inteira é desse jeito, e não somente o jogo ou o fato de Maplecrest ter parado no tempo há cinquenta anos. E também é muito sinistro isso de ninguém conseguir tirar os olhos das animadoras de torcida assim que elas entram em campo. O público assume expressões vazias e hipnotizadas, porque a violência ao redor delas faz com que fiquem ainda mais lindas e parecidas com anjos. Como flocos de neve caindo sobre um campo de batalha.

— Já viu o bastante? — Lukas pergunta no intervalo.

— Sim — resmungo. — Vamos nessa.

E, ao descer os degraus, descubro que também não consigo tirar os olhos delas, imaginando a sensação de receber tanta atenção, pensando como seria ter tamanho controle sobre as pessoas.

— Espera — digo baixinho, segurando em Lukas e parando na base da arquibancada assim que Maggie retorna ao campo com as garotas. Uma brisa gelada sopra pelo público, empalidecendo todos os rostos menos o meu. — Quero ver a apresentação antes de irmos.

CINCO

Sempre que eu e meu pai caímos na estrada em busca de uma nova vida, gosto de olhar pela janela e ver as pessoas normais fazendo coisas banais em cada cidade por que passamos. Observo meninos e meninas realizando atividades bastante comuns, mas que para mim estão muito distantes, como lavar carros ou vender doces para complementar a mesada. Vejo cartazes em frente a colégios anunciando peças escolares. Até mesmo grupos de amigos andando pela calçada me parecem algo de que jamais poderei fazer parte.

Sou sempre a excluída.

Se a escola fosse como crianças brincando em um playground, eu seria a menininha solitária no balanço. Sou sempre a garota que não se enturma. Não é questão de ser estranha ou querer ser excluída, mas, como sou a menina que acabou de se mudar, sempre perco o início do jogo e, quando me enturmo, já não precisam de mais ninguém para participar.

Vai ver que é por isso que não consigo tirar da cabeça a coreografia das animadoras de torcida. Só consigo pensar nisso desde o jogo de ontem. Algo ali é muito sensacional. Simplesmente perfeito, como as cenas das pessoas normais que passam pela janela do carro.

Também não paro de pensar na sugestão de Meredith sobre me juntar à equipe. Acho que talvez eu faça um teste, mesmo sabendo que é idiotice. Porém, pelo menos uma vez na vida queria saber como é fazer parte da turma, em vez de ser a menina solitária no balanço.

— No que está pensando, Baixinha?

A voz do meu pai me tira do torpor que eu estava diante da televisão, e franzo a testa em sua direção.

— Pai, já não sou mais Baixinha há anos. Dá para arrumar um apelido que não seja tão bobo?

Ele sorri ao sentar ao meu lado no sofá, dizendo que não importa quanto eu cresça, sempre serei sua Baixinha, o que me faz revirar os olhos.

— Ótimo — digo. — Pelo menos agora sei que nunca serei popular.

Meu pai ignora o fora, como sempre, e pega o controle remoto em cima do meu joelho. Como a televisão não obedece aos botões que seu dedo aperta, ele ajeita a fita adesiva que segura as pilhas e bate com o controle gentilmente na palma da mão antes de acioná-lo novamente. Sem sucesso, passa a bater no aparelho com mais força.

— Está quebrado — resmunga.

— Não, só não gosta dos seus programas — digo, pegando o controle de volta. Pressiono os mesmos botões que ele e mudo os canais facilmente. — Viu, só precisa de um toque feminino.

— Obrigado — fala, colocando o braço ao meu redor. Sei que está me agradecendo não só por consertar o controle remoto, mas também por estar ao seu lado, por ser como sou.

São pequenas coisas como essa que ele quis dizer ao nos chamar de time, atitudes que quase me fazem esquecer de tentar ser popular ou me enturmar. Até esqueço que não somos normais. Quase me convenço de que nós somos melhores do que aquela gente que mora em casas enormes, tem três carros e compra o que quiser. Quando nos sentamos no sofá rasgado e vemos programas ruins na televisão, quase me convenço de que tudo é perfeito.

Quase.

Porque aí sempre acontece algo que me lembra de como a vida é uma droga.

— Ah — diz meu pai, numa tentativa frustrada de fingir que acabou de se lembrar de algo. — Se o telefone tocar, não atende.

Ajeito o corpo no sofá, colocando as mãos nos joelhos e o encarando.

— Por quê? — exijo saber.

Ele dá de ombros e oferece sua resposta padrão:

— Não é nada.

Balanço a cabeça e me levanto. Meu pai pergunta aonde vou e por que estou saindo.

— Porque sim — é só o que digo, porque ele sabe o motivo, e conhece o *significado* da resposta. Ela quer dizer que sei por que não é para atender ao telefone. Alguém nos encontrou, algum credor a quem ele deve dinheiro. Isso sempre acontece, porque fugir nunca funciona.

Não é de estranhar que eu seja a eterna excluída. Moro numa casa onde não se pode nem atender ao telefone!

Não dou ouvidos quando me chama para voltar. Vou direto para o quarto e fecho a porta. Não estou a fim de ouvir explicações, não preciso que ele repita o discurso sobre como as coisas um dia vão dar certo, porque já sei de cor.

Deitada na cama, olho pela janela tentando pensar em outra coisa, qualquer coisa. E o céu azul me faz lembrar os olhos claros das garotas que todos amam em Maplecrest. Talvez não seja uma ideia assim tão ruim ser como elas, virar um clone de Maggie Turner. No mínimo, ser outra pessoa me faria esquecer que sou eu mesma. Tiraria Morgan da minha cola, também. E, para falar a verdade, não me importaria de ser adorada uma vez na vida.

Pode parecer loucura, mas é uma imagem bonita de se pensar, olhando por esse ângulo.

SEIS

— Você vai fazer o quê? — Lukas fala acima do burburinho do refeitório, empurrando a cadeira e deixando os punhos caírem sobre a mesa. Duas meninas na mesa ao lado param de comer e olham para nós por um segundo para descobrir quem gritou. Viram o rosto quando nos notam, porque não somos tão importantes para que valha a pena dar atenção.

— Você está fazendo um escândalo — sussurro.

— Foi mal — fala com sarcasmo. — Longe de mim fazer você passar vergonha perto de suas novas amigas — diz num tom que continua atraindo olhares da outra mesa. A intenção de Lukas é falar alto o suficiente para que Maggie e seu grupo se virem para cá, mas sua voz não alcança a mesa delas, que está distante. Há muita interferência entre lá e aqui.

— Não seja idiota — falo num tom sério o bastante para deixar claro que não estou de brincadeira.

— Eu que estou sendo babaca? — diz, sinceramente confuso. Levanta as sobrancelhas e deixa o cabelo desgrenhado cair sobre os olhos. Então se acalma, respira fundo e pega meus pulsos. Olho rapidamente para baixo, surpresa com o calor da sua pele, com quão familiar seu toque me parece. — Hannah, pense no que disse. Sou eu que estou sendo babaca? Elas escreveram PIRANHAS NÃO SÃO BEM-VINDAS no seu armário na sexta-feira, lembra? — Indica com a cabeça a mesa do poder que governa nossa pequena sociedade colegial.

Puxo as mãos com força.

— Não preciso que me lembre — digo. — Ainda me deparo com isso toda hora que vou pegar um livro. Além do mais, não foram todas elas, só a Morgan.

— Ah, isso faz diferença.

— Faz sim — disparo.

— Não acredito que você está falando de passar por um teste para ser animadora de torcida. É território inimigo — diz, jogando os braços para cima como se tivesse vencido a discussão.

Não digo nada.

A verdade é que não tenho certeza se Lukas está certo ou errado. Talvez seja uma ideia maluca e ele tenha razão de querer que eu desista. Sei que ele está só tentando cuidar de mim, porque não quer me ver magoada. Mas não consigo parar de pensar no jeito das meninas durante a apresentação desde que as vi no jogo há dois dias. A maneira como o público não conseguia tirar os olhos da coreografia, por medo de perder um momento que fosse. Acho que também quero que as pessoas olhem para mim daquela forma. Mesmo que seja somente nesta cidadezinha perdida no meio do nada. Nem que seja só por uma vez.

Lukas afasta o cabelo do rosto e puxa a cadeira, se aproximando de mim. Seus olhos castanhos oferecem segurança diante das paredes pretas e vermelhas do refeitório.

— Não percebe? É isso o que elas fazem — fala em um tom mais calmo e amigável. — Criam uma situação em que as meninas querem se tornar uma delas. E quando isso acontece, é fim de papo. Você não é mais a Hannah, é Mara ou Monica, ou qualquer nome que ela escolher.

— Só quero passar pelo teste, não pretendo me tornar outra pessoa — digo, em parte para me convencer também, porque estaria mentindo se eu falasse que isso não me passou pela cabeça.

— Foi a mesma coisa que a Alison disse — ele responde, com o olhar distante e intenso, acima das cabeças de quem está sentado, como se fosse possível enxergar o passado.

— Quem é Alison? — pergunto.

Lukas afasta as memórias, como se fossem um filme projetado dentro de suas pálpebras, e responde.

— Alison é a Morgan. Ela era muito minha amiga, mas agora nem lembra quem sou.

— Morgan? — fico surpresa que ele tenha sido amigo de uma cachorra tão metida. — Está melhor sem ela.

— Mas é o que estou tentando dizer, ela não era assim — fala num volume mais alto, do mesmo jeito que meu pai quando perde a paciência comigo. Pede desculpas no momento em que iria acusá-lo de ser idiota outra vez.

— É só que... fico chateado quando penso nisso... tipo, eu devia ter feito alguma coisa.

— Olha, não é nada demais. É só para arrumar o que fazer — digo, tentando consolá-lo, e garanto que a mesma coisa não vai acontecer comigo. Não tinha a intenção de chateá-lo. Quero dizer, acho que sabia que ele não ficaria lá muito contente com a notícia, mas não imaginava que surtaria. — Além disso, você nunca viu na televisão que a autoestima é muito importante para uma garota da minha idade? Pode ser a diferença entre virar a presidente do país ou uma prostituta da rua — falo em tom de brincadeira para ver que não levo a situação muito a sério.

— Sabia que isso ia acontecer, assim que vi você pela primeira vez — diz. — Foi por isso que me aproximei, para alertá-la.

— Não acha que está exagerando? Tipo, elas são animadoras de torcida, não terroristas.

— Você não entende. Elas já morreram, só andam e respiram porque se alimentam dos vivos.

— Não venha com essa de novo! — É a minha vez de levantar a voz. — Já estou por aqui com essa besteira. Você precisa voltar para a realidade — falo, começando a achar que é ele quem precisa de salvação.

— Hannah, por que você acha que há tantas casas vazias na cidade? Por que a escola inteira morre de medo delas? Não é apenas porque são populares e cruéis, e sim porque matam pessoas para usar seu sangue e não apodrecerem! — sua voz sai tão baixa e rápida que o rosto fica vermelho.

— É? Por que então não matam você? Se sabe de tantas coisas assim, não seria do interesse delas te matar? — pergunto.

— Todo mundo sabe! Não sacou? — rosna, tentando não ser ouvido, mas ainda parecer feroz. — Só que ninguém comenta, nem eu... a não ser com você.

— Uau, que sorte a minha — digo com sarcasmo, afastando aos poucos a cadeira e os livros.

Lukas aproxima sua cadeira, e coloca as mãos em concha no meu ouvido para sussurrar. As palavras soam quentes e molhadas:

— Vão transformar você numa delas e obrigá-la a matar também.

Eu o afasto e coloco as mãos nos ouvidos para deixar claro como ele soa ridículo. Seu olhar está transtornado, igual ao de cães bravos latindo para afastar as pessoas. Olhar igual ao tipo de gente que está dizendo para eu evitar.

Ele estica o braço e tira a minha mão do ouvido.

Não estou mais brincando quando tento me soltar.

— Me larga!

— Olhe pra elas! — fala, mantendo meu pulso seguro enquanto tento soltar a mão. — Olhe nos olhos. Elas não são como nós.

— Você é maluco — digo assim que consigo soltar o braço, que ficou marcado onde ele segurou. — Ninguém está matando ninguém! A cidade está vazia porque é uma droga. Não há o que fazer aqui, nem empregos. É por isso que as pessoas se mudam, não porque estão sendo ameaçadas por criaturas imaginárias. E é por isso que vou fazer o teste... porque estou entediada!

Os rostos das mesas à nossa volta estão virados para nós quando paro de gritar. A inspetora olha para a gente do outro lado do refeitório, notando que esfrego o braço, e pensa se deve intervir. Ouço as garotas perto de mim sussurrando.

— Meu deus! Ele é tão esquisito — dizem. Lukas ouve também, mas não perde a concentração, nem tira os olhos dos meus. Encara com tanta intensidade que me assusta.

Não sei o que fazer quando percebo que seus olhos estão ficando vermelhos e turvos. Eu o magoei muito, e não era minha intenção ferir os sentimentos da única pessoa gentil o bastante para querer me conhecer. Mas há um motivo para ninguém falar com ele. Talvez seja mesmo esquisito. Eu não pensava assim, mas agora tenho minhas dúvidas, porque sei que acredita mesmo no que me contou.

— Esquece — diz. — Nada disso importa. Faça o teste e divirta-se. Espero que passe, pois assim, pelo menos, nunca mais vou precisar ver você.

Ele pega a mochila do chão e se levanta.

— Lukas! Espera! — peço.

Mas ele não para, e o observo enquanto some na multidão. Vejo meu único amigo em Maplecrest desaparecer da minha vida. Dobro os braços sobre a mesa e escondo a cabeça entre eles, me perguntando por que todo moleque que conheço acaba sendo um maluco.

Apesar disso, não vou deixar que mude minha decisão. Vou falar com a treinadora da equipe assim que terminar o almoço. É a única maneira de fazer amigos normais por aqui.

Vou mostrar para ele também. Não vou mudar mesmo que vire animadora de torcida. Talvez assim ele perceba como está sendo louco.

— **Você já** animou uma torcida antes? — Sra. Donner pergunta. Estou diante de sua mesa, sem jeito e procurando um lugar adequado para pôr as mãos. Enfio no bolso, mas ficam desconfortáveis, então tiro de novo. Escondo atrás das costas, entrelaçando os dedos e torcendo os braços como meu pai me ensinou a fazer com papel para acender o fogo na lareira. Eles ficam vermelhos enquanto penso na pergunta.

— Não exatamente — é o que decido dizer.

Com os óculos na ponta do nariz, Sra. Donner me olha sobre as lentes. Seus olhos são como faíscas elétricas azuis espocando debaixo de uma superfície gelada. Se não fosse pelo forte brilho no olhar, não haveria nada que sugerisse sua ligação com as meninas que treina. Ela não tem a mesma perfeição, o rosto é enrugado, e a pele tem aquele tom acinzentado de gente velha. O vestido sem graça tem péssimo caimento e faz com que pareça uma galinha gigante sentada no poleiro. Mas os olhos são os mesmos, e imagino se a mulher um dia foi linda, pálida e magra também.

— Você sabe que nosso padrão é muito elevado — fala sem demonstrar qualquer emoção.

Concordo com a cabeça, pensando na minha própria beleza e se a Sra. Donner está dizendo isso para deixar claro que estou longe de ser perfeita.

Ela cobre a boca com a mão, batendo com os dedos no rosto. Os óculos refletem o brilho do sol, fazendo com que os olhos sumam. Dois círculos brancos me encaram, e fico com vergonha quando ela inclina a cabeça de um lado para o outro para me ver melhor, por inteira. Então, repete a pergunta sobre minha experiência.

Mordo o lábio enquanto decido se minto que já animei torcida antes. Não seria uma mentira tão grande assim, porque fiz isso aos 7 anos. Rodopiava e sacudia meus pompons fora do ritmo da música, fingindo ser uma bailarina quando a saia subia. Sei que não é o que ela quer dizer e que perceberia. Os olhos são do tipo que arrancam a verdade como um ímã. Então dou uma resposta tão vaga quanto a anterior.

— Meio que sim — digo, enfiando de novo as mãos nos bolsos.

A expressão de dúvida me diz na mesma hora que não foi o bastante.

— Bem, eu fiz ginástica por dois anos — falo, com um pouco de ansiedade e pressa. Mas é verdade, só não contei que estou parada há mais de um ano.

— Ginástica? — a Sra. Donner fala, sorrindo com a paciência de um adulto ao escutar uma criança pequena contar uma história sem sentido.

— Sei que não é a mesma coisa — admito —, mas tem elementos parecidos. Posso aprender o resto se me der uma chance. — É tudo o que quero, é só o que peço e nada mais. Uma chance para mostrar a todo mundo que não sou aquilo que os sussurros maldosos dizem.

Começo a balançar suavemente os quadris assim que ela volta a bater com os dedos no rosto. Ouço vozes se aproximando no corredor, pois o relógio está prestes a anunciar o início da aula. Sinto o estômago revirando ao ser observada pela Sra. Donner. Tiro a mão do bolso e levo à boca para roer as unhas. Ela percebe e dá um olhar severo, daqueles que os professores usam diante de um mau hábito, e afasto a mão da boca. Com certeza roer unhas não é compatível com seu padrão elevado.

A Sra. Donner parece contente que eu tenha aprendido tão depressa. As rugas somem e apagam a idade do seu rosto quando ela sorri.

— Ok, vamos ver o que consegue fazer — diz, finalmente, e sinto o nó do estômago se desfazer.

— Obrigada! — grito, juntando as mãos como se fosse rezar. O coração dispara como um passarinho batendo as asas contra a gaiola, e não consigo parar de sorrir. — Não vou decepcioná-la — prometo, e ela acena com a cabeça, mostrando que espera que seja verdade.

— Vejo você depois da aula, então — a Sra. Donner fala, lembrando-me a hora e o local em que devo me apresentar para encarar meu destino. Faço que sim com a cabeça e passo correndo pelos alunos que entram na sala. Aceno por cima do ombro, enquanto minha imagem fica cada vez menor no reflexo de seus óculos.

O corredor é um labirinto confuso de mochilas, jeans, armários coloridos e poeira flutuando nos raios de sol. Igualzinho como era pela manhã, mas, de alguma forma, parece diferente, mais claro. E os rostos que passam não são mais tão ameaçadores, porque alguma coisa mudou. Estou começando do zero e, dessa vez, serão as minhas decisões, e não histórias inventadas sobre mim, que vão dizer o que vou me tornar.

Estou tão distraída com os pensamentos que só noto que há alguém correndo atrás de mim quando a alça da minha mochila é puxada. A surpresa me faz perder o fôlego e tropeçar, até que percebo que é apenas Diana.

— Vi você falar com a Sra. Donner — diz. Parece tão ou mais empolgada do que eu. — Isso significa que está pensando em entrar para a equipe?

— É, tenho teste hoje, depois da aula — conto para ela. Vejo por sua expressão que minha nova identidade está garantida. Não sou mais a garota estranha que é motivo de fofocas. Agora tenho a chance de ser alguém, e não consigo conter o sorriso enquanto converso com Diana.

— Uau! Não acredito que a Sra. Donner deixou você fazer um teste — Diana fala, acompanhando meu passo enquanto seguimos juntas para a próxima aula. — Ela geralmente não aceita mais ninguém após as duas primeiras semanas de aula.

— Vai ver que dei sorte — dou de ombros, imaginando por que Sra. Donner quebraria as próprias regras por mim. Sinto uma pontinha de orgulho por isso, por ser uma exceção, alguém especial aos olhos de quem valoriza a perfeição.

— Você vai conseguir, eu sei.

— Obrigada — digo, querendo ter a mesma confiança que ela. Abaixo a cabeça ao andarmos para não mostrar como estou insegura. Não sei por quê, mas acho que a decepcionaria se me visse assim.

Diana para antes de entrarmos e espera que eu olhe para ela, para ter certeza da minha atenção.

— Só mais uma coisa. — Olha para os lados enquanto o corredor esvazia, para se certificar que ninguém a ouve.

— Não se preocupe se as outras garotas fizerem jogo duro com você. É apenas um teste para saber se tem aptidão. É sempre assim, você vai se sair bem.

Fico um pouco vermelha ao lembrar a lista de mentiras maldosas que Morgan espalhou sobre mim, sabendo que Diana ouviu todas elas. Mas seu sorriso me diz que não se importou com as fofocas.

Quero perguntar se sabe de mais alguma coisa, dicas que possam me ajudar no teste, mas a professora sai para o corredor e pigarreia.

— Diana, você está atrasada — fala com um ódio intenso demais, do tipo que professores sentem por alunos de quem não gostam há anos. Não me surpreendo, mesmo conhecendo Diana faz pouco tempo. Já notei que ela gosta muito de falar, um hábito que provavelmente não é interrompido pelo começo da aula.

— Desculpe — Diana fala mansamente e baixa a cabeça ao passar pela figura encostada na porta. Assim que entra, olha por cima do ombro e pisca para mim, como amigos costumam fazer.

— Você também está atrasada — diz a professora, olhando para mim pela primeira vez, com um tom não tão furioso, mas também não exatamente agradável. Peço desculpas e explico que tive de resolver um assunto com a Sra. Donner.

A expressão azeda da professora se altera ao ouvir o nome da Sra. Donner. Fala para considerar o que disse como um aviso, e para não me preocupar. É minha primeira prova dos privilégios que As Louras do Maplescret High desfrutam, e confesso que me cai bem, por mais estranha que a situação pareça.

SETE

Tudo aconteceu quando a gente morava na cidade grande. Eu estava no terceiro ano, e meu pai ainda era policial. Havia um menino vesgo na minha sala chamado Jason, que não tinha amigos e se sentava atrás de mim. Seu nariz sempre escorria, e ele usava a manga da roupa para limpá-lo em vez de um lenço. Lembro-me do terror que eu sentia toda vez que Jason fungava, porque imaginava que ele fosse encher de coriza as costas da minha cadeira, e só a ideia me dava arrepios. Então, certa vez, quando começou o hábito repugnante de fungar, virei para ele e torci o nariz, para deixar claro que era a criatura mais nojenta do mundo.

Viramos inimigos desde então, e Jason passou a fazer barulhos cada vez mais repugnantes, além daqueles que já me irritavam. Exagerava de propósito para me tirar do sério, e ria quando notava meu desconforto. Com certeza havia algo de errado com ele. Eu achava que deveria ser transferido para a turma especial no fim do corredor. Seus olhos tinham um brilho amarelado, como os de um gato, sempre que ele olhava para mim, planejando e tramando, esperando o momento certo para atacar.

Durante um acesso de espirros, juro que senti algo úmido e gosmento na nuca. Gritei para o professor que Jason tinha espalhado germes em mim. Os outros colegas, que tinham a mesma opinião sobre ele, me apoiaram, caindo na gargalhada e dando o apelido de Germinho para Jason.

No dia seguinte, ele contra-atacou.

Não houve aviso. Nenhum barulho de espirros, fungadas ou garganta cheia de catarro. Jason atacou em silêncio. Fiquei paralisada diante da sensação de seus dedos no meu cabelo com algo grudento. Quando virei na cadeira, o mal já tinha sido feito.

O cabelo não virou com o resto do corpo, ficou preso em seus dedos sujos com algo mais assustador do que coriza. Uma teia rosa de chiclete se esticava entre a palma da mão de Jason e as mechas do meu cabelo cacheado. Ele puxou a mão, fazendo o chiclete se romper e ficar pendurado na minha cabeça, como se fosse um aplique de plástico rosa.

A cara horrorizada dos meus amigos confirmou o meu maior medo, enquanto eu sondava o prejuízo com a mão. Ao lutar e mexer para me soltar, piorei as coisas, e fiquei com o cabelo duro e emaranhado como um ninho de pássaro.

Não chorei até ver o primeiro chumaço de cabelo caindo no chão, enquanto a enfermeira manejava com facilidade a tesoura. Foi aí que cedi, deixei as lágrimas descerem pelo rosto a cada tesourada, até eu pensar que não tinha mais cabelo porque o chão estava repleto de chumaços, espalhados como se fossem gatinhos tirando uma soneca.

Quando finalmente vi meu reflexo no armário de remédios, estava tão feia quanto um menino.

Não aceitei voltar para a aula, e fiz a enfermeira ligar para meu pai e tirá-lo do trabalho para me buscar. Ele se esforçou para sorrir quando me viu. Passou a mão na minha cabeça e disse que eu ainda era a menina mais bonita do Brooklyn, mas notei o olhar zangado para a enfermeira, tão chateado quanto eu por ela não ter deixado um cabeleireiro profissional cuidar da situação. Dava para perceber também que meu pai gostaria de apertar o pescoço do Jason com força, a ponto de os olhos amarelos saltarem e a meleca sair pelas órbitas vazias.

Não sei por que essa história vem à mente enquanto estou caída no chão com os olhos fechados. Talvez seja porque quero que meu pai surja para passar a mão na minha cabeça e dizer que tudo vai ficar bem, ou porque me sinto da mesma maneira que naquele momento, sem vontade de ver a cara de ninguém. Fiquei uma semana em casa depois daquilo, sem querer sair porque todo mundo ia achar que eu era um menino. Usei vestidos e fitas por um mês até o cabelo crescer. E, por pior que tenha sido aquela situação, consegui dar um jeito. Não vejo uma solução fácil para a que enfrento agora.

— Alguém a ajude a se levantar. — A voz da Sra. Donner surge na minha mente confusa.

Ouço outras vozes também, mais perto, de pessoas ajoelhadas ao meu redor. Vozes dissimuladas de garotas que vi com os braços estendidos para me pegar no ar, e que se afastaram no último instante.

Uma firme mão pega minha cabeça por trás enquanto estou caída de rosto contra o chão, empurrando devagar até que provo o gosto de terra na boca.

— Melhor ter cuidado — Morgan me provoca no ouvido. Sinto seu hálito na minha pele, quente e furioso como o de um cão de dentes afiados que se limita a rosnar, em uma ameaça de que pode morder a qualquer momento. — Da próxima vez você pode estar debaixo do chão, em vez de em cima dele — diz, empurrando meu rosto com mais força, como se quisesse me enterrar viva.

— Abram espaço. Afastem-se — diz a Sra. Donner, se aproximando enquanto percebo que os corpos à minha volta começam a se mover.

A cabeça lateja na hora em que abro os olhos e vejo estrelas na grama, suja do vômito que pinga do meu queixo. Limpo com a manga do casaco como Jason fazia, e os anjos perfeitos de Maplecrest olham para mim com a mesma expressão com que eu o encarava.

— Você está bem? — pergunta a Sra. Donner, com os óculos brilhando ao sol da tarde enquanto pisco para me acostumar com a luminosidade. Sem fôlego, tusso ao tentar respirar e assentir com a cabeça, de forma pouco convincente. Mas a professora já está com a atenção voltada para Miranda, que esconde um risinho com a mão, assim como a outra menina que devia ter me pegado. — Não vejo graça — a Sra. Donner diz entredentes, e as duas param imediatamente.

As nuvens passam pelo sol e deixam Miranda na sombra. Ela endireita o corpo.

— Desculpe — diz com inocência. — Eu não estava preparada. Pensei que ela fosse dar mais uma pirueta.

Miranda inclina a cabeça de lado com uma expressão de simpatia e um sorriso malicioso. Mas seus olhos parecem famintos e reluzentes na sombra, a pele rósea ao redor deles ganha um brilho maligno. E não é só Miranda; todas as demais estão assim, ao meu redor como abutres esperando para limpar meus ossos, paradas com sorrisos perversos como os monstros dos gibis de Lukas.

Levanto rapidamente, tiro a terra dos joelhos e assopro a palma das mãos, repletas de pequenos cortes feitos pelo cascalho. A visão de sangue e grama grudada no meu rosto faz com que Miranda lamba os lábios, satisfeita com minha derrota.

— Foi mal — diz com frieza, provocando risadas do resto das colegas.

A Sra. Donner coloca a mão nas minhas costas e anuncia:

— Acho que foi o suficiente. — Ela então promete me avisar se passei no teste, apesar de estar claro que, além de não ter conseguido, dei um grande passo para trás na minha vida social, apesar de ser impossível ir além do fundo do poço em que já me encontro. — Tem certeza de que está bem? Não quer ir à enfermaria para garantir?

Balanço a cabeça, tendo visões de tesouras e cabelos cheios de chiclete.

— Ok, mas a Morgan vai com você para ter certeza de que está bem — e gesticula para que ela me acompanhe até o vestiário.

Morgan parece tão insatisfeita quanto eu, e ambas protestamos, sem sucesso. A Sra. Donner levanta a mão para nos calar e bate palmas para nos mandar embora e fazer com que as demais alunas entrem em posição para retomar o treino.

— Bem, vamos nessa, sua inútil — reclama Morgan, abrindo os braços com impaciência antes de virar e ir em direção ao edifício da escola. Sigo a uns cinco ou seis passos atrás, querendo ficar bem longe dela. Não pretendo ouvir seus comentários debochados sobre tudo o que fiz de errado no teste. Gostaria de ser invisível para não encarar a humilhação que sei que me espera dia após dia.

Se fiquei uma semana em casa no terceiro ano porque tive o cabelo cortado, me pergunto quanto tempo terei de evitar a escola depois do que aconteceu hoje. Após cair de uma altura de mais de 3 metros e vomitar na frente de garotas que têm o poder de me ridicularizar para sempre? Acho que preciso passar um ano afastada, ou uns meses, no mínimo.

No fim das contas, eu deveria ter ouvido Lukas e me mantido afastada. Foi uma ideia imbecil. Mas acho que é mais fácil dizer isso depois que o grande erro foi feito. Sempre parece mais simples quando não há mais o que fazer, além de ceder ao nó na garganta e chorar em silêncio.

Fico contente ao ver que as luzes do vestiário ainda não foram ligadas. O sol do outono já se escondeu atrás das montanhas, e apenas um fraco brilho alaranjado entra pelas pequenas janelas próximas ao teto. Com a pouca luminosidade, Morgan não consegue ver que estou chorando. Mesmo que perceba e esfregue na minha cara, ao menos tenho a satisfação de saber que ela não pode enxergar o quanto dói.

— Não acredito que ousou fazer o teste — ela diz no canto oposto do vestiário, enquanto abro meu armário e retiro minhas tralhas. Consigo vê-la de rabo de olho: está encostada na parede de braços cruzados, com a cabeça virada para cima e uma perna dobrada, apoiando o pé nos tijolos. Faz a maior pose possível de superioridade. É insuportável, que nem as outras iguais a ela.

— Não acredito que o Lukas falou que um dia você foi legal — murmuro enquanto coloco um gorro para esconder o cabelo grudado de vômito.

Morgan sai da parede e corre em minha direção. Fico alerta porque imagino que vai me atacar, mas Morgan para a poucos centímetros de mim, com os punhos tão fechados que os dedos chegam a ficar brancos como os azulejos dos chuveiros atrás dela.

— Seu namorado esquisitão não sabe de nada — diz. O olhar dela é feroz como o de um tigre que quer me dilacerar em pedacinhos.

— Ele não é meu namorado... Alison — provoco, sem medo de encará-la, porque não tenho mais nada a perder. Não preciso ter cuidado porque já me odeiam. É uma situação sem volta agora, então posso jogar tão duro quanto elas.

— A Alison está morta — vocifera Morgan. Há algo de perigoso nas palavras e no jeito com que mostra os dentes ao se aproximar de mim. Suas mãos sobem lentamente como se fossem me estrangular, e nem consigo gritar. — Você pode até encontrá-la daqui a pouco — ela ameaça. Tropeço, caindo sobre o banco atrás de mim e batendo com a cabeça nos armários de metal.

Levo a mão até a parte de trás da cabeça e reclamo baixinho da dor, enquanto Morgan abafa um riso debochado.

Fico imóvel no chão como um animal ferido enquanto ela passa por cima de mim, indo embora como um gato que cansou de brincar com um ratinho semimorto. O som de sua risada ecoa pelo vestiário e se mistura ao bater das portas, enquanto ela arrasta a mão pelos armários ao andar.

— Você não me mete medo — murmuro. — A Diana me disse que você era só papo furado — exagero o que ela realmente falou. Os olhos de Morgan acendem como dinamite. Fico preocupada se acidentalmente coloquei Diana na confusão que arrumei.

— Aquela idiota está errada — Morgan diz, sacudindo a cabeça. — Você vai ver.

Ela para e arranha a porta do depósito de equipamentos, produzindo um chiado agudo, como facas sendo afiadas. A mão segura o cadeado por um segundo, e depois Morgan se vira como se tivesse esquecido algo. Solta a tranca e deixa que bata na porta, dando um largo sorriso. Um raio de sol atinge seus olhos, que faíscam como fogos de artifício no céu noturno.

— Vejo você na escola amanhã — fala antes de abrir a porta de saída e sumir no último vestígio de luz do dia.

Sou envolvida pelo ar noturno, usando o frio como se fosse um cobertor para me proteger de todas as promessas quebradas do meu pai. Caio sentada como neve na entrada da garagem.

— Não vai ser por muito tempo — ele diz. — Talvez dez dias, no máximo duas semanas.

As alças da mochila escorregam pelos dedos, que cai no chão enquanto meu pai coloca uma segunda mala no carro. Quando ele começa a contar como precisamos dessa oportunidade, eu puxo o gorro até cobrir as orelhas. Mal o escuto dizer que a grana é boa e que teremos dinheiro para ficar aqui por mais alguns meses, como se fosse isso o que eu quisesse escutar.

— Você está me abandonando aqui — digo, sem conseguir acreditar.

Ele termina de arrumar as malas no banco de trás e fecha a porta. Vem até mim e coloca as mãos nos meus ombros, como sempre faz quando me decepciona.

— Hannah, você sabe que não faria isso se tivesse outra opção.

Saio de perto dele.

O lugar onde bati a cabeça duas vezes, primeiro no chão, e depois nos armários, volta a latejar. O ar frio irrita a palma das mãos raladas, e os olhos pesam com o fardo da minha falta de sorte. Nunca é assim no cinema. Sempre que algo horrível acontece, os personagens são premiados com alguma coisa melhor logo em seguida. Tipo, caso sejam roubados, ganham a loteria um dia depois. Ou se eles bateram feio o carro a caminho do aeroporto, o acidente na verdade salvou suas vidas, porque o avião que iam pegar caiu, matando todo mundo a bordo. Porém, esse tipo de coisa nunca acontece comigo. Caso role alguma merda, outro lance igualmente ruim me espera na esquina. É como este dia, com meu pai me aguardando para avisar que vai viajar assim que ponho os pés em casa, vindo do teste para animadora de torcida.

— Você prometeu — digo baixinho.

Prometeu que não faria mais viagens.

Prometeu que não me deixaria mais sozinha.

Deu a palavra que não faria mais entregas, não importa o que acontecesse.

Jurou que não faria de novo, depois da última vez. Sabe como odeio ficar sozinha. Voltar para uma casa vazia toda noite sempre me dá arrepios e provoca ataques de pânico ao menor sinal de barulho na madrugada. Não consigo voltar a dormir até trancar todas as janelas. Já é ruim quando ele faz isso em lugares onde tenho vários amigos, mas aqui vou ficar literalmente sozinha entre os fantasmas das casas vazias de Maplecrest.

— Não seja assim. — A voz baixa se perde pela rua vazia. — Já é difícil sem...

— Sem o quê? — disparo. — Sem ter de se preocupar com meus sentimentos?

Pego a mochila do chão e saio batendo os pés pela entrada da garagem. Vou até nossa casa marrom caindo aos pedaços, que promete me fazer companhia por duas semanas com seus barulhos estranhos e silhuetas que se movem por debaixo do papel de parede.

— Ora, vamos, Hannah — implora, com olhos que tentam me lembrar que somos um time. O velho discurso silencioso sobre sacrifícios que ouço desde os 10 anos. — A gente precisa disso — diz, balançando a chave do carro nos dedos como uma pistola de árbitro de corrida querendo cair na estrada.

— É, quem sabe eu precise de você — digo, não conseguindo conter os soluços que interrompem as palavras.

Ele fica de boca aberta, sem dizer nada, com os ombros caídos. Finalmente se lembrou de mim, de que nem perguntou como foi meu dia, depois de ter dado todo o apoio no café da manhã, dizendo que o teste era o melhor que eu podia fazer, que se participasse das atividades dos outros alunos poderia fazer amigos. Deu a sensação de que eu tinha uma chance, e agora nem vai ficar aqui para ajudar a recolher meus cacos.

— Não foi bem, né? — pergunta, pedindo desculpas por não ter pensado nisso antes.

Mas não aceito suas desculpas.

Não agora. É tarde mais.

Viro de costas e começo a andar em direção à porta. Ele fala alguma coisa, pede que eu volte, mas ignoro.

— Esquece, vai logo — digo.

Mas sei que meu pai jamais deixaria as coisas nesse pé. Vem até mim, me pega com ambas as mãos e dá um abraço que não correspondo. Evito até mesmo olhar para ele.

— Ei... sinto muito — diz, e o pior é que sei que é verdade, e que está certo sobre a gente precisar da grana e do emprego. Porém, isso não quer dizer que eu não esteja furiosa por ele sempre poder fugir dos problemas, enquanto tenho de ficar e encarar os meus.

— Tudo certo, eu vou ficar bem — digo, com o rosto em seu casaco.

Ele me abraça mais forte antes de soltar, dizendo que deixou dinheiro na bancada para comida, e promete ligar sempre que puder. Concordo com a cabeça e o vejo entrar no carro. Sento nos degraus da entrada enquanto liga o motor e acena ao dar ré. Abaixo a cabeça quando o carro desaparece numa nuvem de fumaça, desejando que não precisasse passar quase duas semanas sozinha neste lugar.

Fico sentada por tanto tempo que o céu chega a mudar. O brilho rosa do pôr do sol dá lugar às nuvens roxas do crepúsculo. As sombras das árvores da nossa calçada se esticam até tocar os jardins abandonados das casas mortas do outro lado da rua.

Sinto o frio dentro dos ossos como se fosse uma canção de ninar. Encosto os joelhos no peito e deito com a mochila debaixo da cabeça, os livros cobertos pelo tecido fino servindo como um travesseiro feito de tijolos. É desconfortável, mas a sensação é boa à medida que meu corpo começa a congelar. As dores da tarde desaparecem lentamente. Estou prestes a trocar os eventos vergonhosos por sonhos quando, então, o sono gelado é interrompido por passos de alguém se aproximando pela calçada, pisando nas folhas secas do quintal.

— Ei — ele diz em tom de pergunta, porque não tem certeza se vou responder ou levantar sem falar nada, deixando que fique ali parado com as mãos nos bolsos.

Desisto de ficar irritada porque dá muito trabalho.

— Oi, Lukas — digo, naquele tom de mãe que perdoa os filhos após terem feito algo de errado. Não me levanto, mas recolho mais as pernas como um convite para que se sente.

Ele, entretanto, fica em pé. Enfia as mãos ainda mais fundo nos bolsos e se esforça para olhar para qualquer coisa, menos para mim.

— Olha, sinto muito... pelo que aconteceu no almoço e tudo mais — diz.

— Tudo bem — respondo. — Eu também sinto.

O vento aumenta lá longe, quase consigo vê-lo vindo pelas montanhas e entrando no vale. Passa pela pele e espalha nossas desculpas como as folhas marrons no chão, deixando o assunto de lado.

Lukas põe as mãos na boca para se aquecer ao se sentar no cantinho dos degraus que cedi para ele. O rosto parece mais pálido nas sombras, quase como um fantasma contra o moletom preto que sempre usa, como se fosse uma segunda pele. Uma pele mais quente, que o mantém sempre na escuridão.

— Como foi lá? — pergunta, sem coragem de me encarar. Fica olhando a entrada vazia da garagem, manchada de óleo onde o carro do meu pai estivera poucos minutos antes. Estou contente que Lukas tenha vindo e que não o mandei embora, porque, na verdade, é o único que se importa comigo. Ele se interessa tanto a ponto de até perguntar a respeito, mesmo odiando que eu tenha feito o teste.

Deito para cima e olho o interior da cobertura da porta da frente.

— Tão bem quanto você disse que seria — respondo desinteressada, enquanto observo os restos de um velho ninho de vespas que sobrou de algum verão passado, deteriorado como meus sonhos de ser animadora de torcida.

— Sinto muito — ele diz.

— Não, não sente não.

Vejo um sorriso surgindo em seu rosto quando tira as mãos da frente e olha para os cadarços puídos. Não é seu típico sorriso de menininho, e sim o de um velho diante da estupidez de alguém mais jovem.

— Você está certa, não sinto não — diz, não conseguindo evitar a gargalhada.

Sento direito e bato de leve em Lukas.

— Você é um babaca — falo, mas também caio na risada. Acho que é a única forma que sobrou de encarar a situação, pelo menos com ele. Rir é o que vai nos tornar amigos de novo. E, na verdade, faz bem ter uma companhia para isso. Torna a coisa toda menos séria. Além disso, tenho dez dias inteiros para ficar sozinha me sentindo péssima.

Chego perto dele até que nossos corpos estejam tão grudados como se nós fôssemos irmãos siameses. Apoio a cabeça em seu ombro e dou um grande suspiro, fazendo com que perceba que estou mais chateada do que aparento. Passa o braço pelo meu ombro enquanto os últimos raios do sol somem e as primeiras estrelas aparecem no céu como buracos de traça num lençol velho.

— Suas mãos estão geladas — diz Lukas ao pegá-las.

Respondo com um calafrio e ele me ajuda a levantar.

— Vamos entrar — sugere. Um cachorro late na vizinhança, e a luz se acende em uma das poucas casas habitadas além da minha. Faço o mesmo, ligando uma lâmpada e iluminando a sala.

Vou direto para o sofá e me enrosco nas almofadas amassadas. Lukas dá uma volta pela sala e examina as coisas espalhadas como se fosse um visitante admirando objetos em um museu vagabundo.

— Cadê o seu pai? Ele volta logo?

Recolho as pernas no sofá e afundo ainda mais. Balanço a cabeça diante de sua completa falta de noção. Ele consegue ser mais bobo do que os garotos em geral.

— Para de falar e vem logo sentar aqui comigo — digo.

Seus olhos parecem os de um cachorrinho confuso, mas ele vem de qualquer forma. Afunda ao meu lado, e ficamos sozinhos e em silêncio, ouvindo o vento bater no telhado e as vigas rangendo. Tenho a impressão de que a gente vai se acostumar a ocasiões como esta.

OITO

Meu pai comprou um filtro dos sonhos no meu aniversário de 12 anos para afastar os pesadelos, que eu costumava ter sempre que a gente se mudava para uma casa nova. Ele disse que o amuleto tinha sido benzido por uma tribo de índios em um cassino, mas o filtro não funciona. Mesmo assim, é a primeira coisa que penduro no quarto cada vez que nos mudamos, acho que apenas por força do hábito. Além disso, gosto do efeito quando a luz do sol bate nele. As cores deixam bonito até mesmo o quarto mais sem graça. Mas os pesadelos ainda assim conseguem passar pelo filtro dos sonhos e entrar no meu sono.

O de hoje acontece no ginásio do colégio. Não tenho certeza de qual deles, é mais uma mistura de todos os ginásios em que já estive, naquele jeito confuso com que os sonhos retratam os lugares. Mas o exército de louras platinadas de saias pretas me diz que, não importa o colégio, eu devia reconhecê-lo como Maplecrest.

Elas me cercam em bando como se eu fosse um acessório de uma das coreografias, só que, no sonho, Morgan é a líder que dá as ordens. Manda que eu seja amarrada em um poste de madeira que brotou do meio da quadra de basquete, como uma árvore ancestral que não estava ali um momento antes.

As cordas parecem feitas de lã grossa e irritam a pele ao ser apertadas com cada vez mais força pelas meninas, que dançam ao redor do poste. Uma plateia distante, que não consigo ver, bate palmas seguindo o ritmo dos pés, enquanto as animadoras de torcida saltitam como se estivessem num filme sobre crianças de países exóticos, repleto de canções e cenários toscos. O pesadelo também tinha uma canção, um coro que evocava a "Morte", que escuto ao mesmo tempo em que meus braços e pernas são presos de tal forma que não posso sequer me contorcer de dor.

Noto pela primeira vez que estou vestida com um dos uniformes pretos.

O sangue escorre de onde a corda cortou a minha pele, na barriga à mostra e nas pernas logo abaixo da barra da minissaia. Vejo Miranda ao meu lado, sorrindo como todas elas sorriram naquela tarde, quando eu estava machucada e indefesa na grama. Sorrindo como cães famintos diante de um coelho ferido.

Morgan se aproxima e tento afastar o rosto, mas a corda em volta do pescoço dificulta a respiração e impede que eu vire muito a cabeça. Seus olhos estão salientes na face encovada, a enorme parte branca só permite ver uma pontinha de azul, da cor de uma estrela explodindo. A pele ao redor da boca é grossa, enrugada e suja de sangue como os dentes.

— Agora você é uma de nós — ela diz sem mover os lábios.

As paredes vão escurecendo e o ginásio deixa de ser aquele que conheço, porque agora se encontra em campo aberto, em meio a um incêndio. Morgan coloca a mão em meu tórax e faz pressão, de forma que não consigo respirar e preciso fazer muita força para pegar ar. É impossível gritar. O ambiente está repleto do som de máquinas rangendo, mas é apenas o barulho de dentes de zumbis.

Sinto uma ardência quando suas presas penetram minha barriga rasgando a carne. Os dentes vão fundo como motosserras sangrentas, cortam veias e ficam com mais sede a cada camada rompida. Arrancam dolorosamente a pele como se fosse papel de presente de Natal. As outras meninas decidem participar, e sinto como se fosse lambida pela língua de fogo de um demônio enquanto o corpo é aberto, expondo os ossos. Seus dentes são compridos e afiados, feitos para dilacerar órgãos e abrir abdomens.

Elas engolem minhas mãos e pés. Faço o possível para gritar, mas não escuto nada além dos dentes rangendo e da respiração quente contra o rosto.

O ar parece fumaça negra, como nanquim cobrindo meu corpo, quando acordo gritando. Ainda vejo olhos azuis toda vez que pisco, olhos imaginários me encarando da janela, enquanto o filtro dos sonhos balança, inútil, contra o vidro coberto de geada.

Enfio as mãos debaixo do lençol e passo pelo estômago, nervosa, para conferir se ainda estou inteira. Chuto o cobertor para longe e ligo a luz em pânico, antes de sair da cama e correr para a janela. O barulho de galhos se mexendo segue pela floresta como se o pesadelo partisse em direção da próxima pessoa.

Olho para o relógio e percebo que é inútil voltar a dormir. Melhor fazer café e ligar a televisão, para que o som dos desenhos animados apague o que sobrou do sonho. Espero a hora passar para tomar um banho e me aprontar para a escola, sabendo que a única coisa boa sobre o pesadelo é que a vida real jamais pode ser tão assustadora assim.

Uma coisa que aprendi com meu pai é que a melhor forma de manter falsas esperanças é evitar encarar um problema. É como fazemos com as mudanças constantes para fugir dos credores, o que nos permite fingir que está tudo bem quando chegamos a uma nova casa. Problema deletado como se nunca tivesse acontecido.

Uso a mesma abordagem no colégio.

Evito passar pela sala da Sra. Donner o dia inteiro. Até mesmo dou a volta por fora do prédio para ir do terceiro ao quarto tempo, e aceito de bom grado a advertência de atraso do professor, Sr. Boyle. Chego a sorrir com sua ameaça de me deixar em detenção depois da aula, porque assim não terei de escutar o tom de voz doce da Sra. Donner me informando que fui rejeitada.

Evito Meredith durante a entrada, também. Espero para ter certeza de que ela já usou o armário para ir até o meu, e aguardo que os corredores esvaziem antes de entrar na sala. Sento bem longe de Meredith, para que ela não me dê a notícia.

Já sei que não fui aprovada.

Não tenho como ficar me enganando, o teste foi horrível.

Não foi apenas a queda, mas também a marcha desengonçada, o pequeno tropeço ao plantar bananeira e, principalmente, a reação do resto da equipe diante da minha presença. Mas, enquanto não ouvir da boca da Sra. Donner, dá para continuar a fingir que não foi tão ruim e manter as aparências de que ainda tenho chance, o que diminui os murmúrios quando eu passo pelos corredores. Enquanto não for oficial, ninguém quer dizer algo negativo sobre mim, por precaução.

Entretanto, há um grupo que não consigo enganar. As garotas perfeitas. Elas sabem exatamente o papelão que fiz, e, durante o almoço, fazem questão de deixar claro para mim também.

Miranda, a destruidora oficial de reputações de Maggie, entra na minha frente quando, após comprar um refrigerante diet, volto para a mesa que divido com Lukas no canto mais quieto do refeitório. Ela espera até ser tarde demais para que eu desvie e empurra a cadeira para o corredor. Esbarro em Miranda assim que se levanta, fazendo com que ela caia de volta na cadeira. Tento não desabar no chão como a lata de refrigerante, que sai da minha mão e vai parar debaixo da mesa ao lado.

— Meu Deus! Você não consegue nem andar sem cair? — grita Miranda. Ela enfia as unhas no meu braço com tanta força que deixa marcas. Finalmente recupero o equilíbrio e me afasto. Ao ver as veias azuis em seus braços finos como ossos de passarinho, imagino como conseguiu me apertar a ponto de eu ter de massagear o pulso para a dor passar.

As sósias de Miranda cobrem a boca e cochicham entre acessos de risos. Atrás de mim, as puxa-sacos das animadoras de torcida começam a apontar e debochar, e meu rosto vai ficando vermelho.

Abaixo para pegar as moedas que também deixei cair e Miranda vira o corpo na cadeira, de propósito, para que eu esbarre nela uma segunda vez e assim derrube o iogurte de sua mão. Ele explode no chão como insetos batendo contra um para-brisa, enterrando meu troco debaixo de seu conteúdo pegajoso.

— Qual o seu problema, hein? — Miranda diz, me empurrando para cima do pobre calouro nerd que está atrás de mim por pura coincidência. A inspetora do refeitório permanece parada na porta, observando e ignorando todo o incidente. Essa parece ser a norma quando um aluno do departamento atlético está envolvido. Não é necessário tomar atitudes disciplinares porque jogadores e animadoras de torcida podem fazer o que bem entenderem.

A maior parte das pessoas à nossa volta ficou de pé para assistir, torcendo para que saia briga. Mas a chance de isso acontecer acaba quando Maggie entra no refeitório. Sempre atrasada para que todos a vejam chegar, entrando no lugar como a realeza se apresentando aos súditos. Mas o sorriso de princesa some quando me vê ao lado de Miranda, eu e ela nos encarando como gatas prestes a se arranhar. Maggie vem diretamente em nossa direção com um brilho decidido nos olhos.

— Miranda, deixe-a em paz — fala no tom firme de um dono mandando seu cão rolar. Vira para mim com um olhar suspeito, que me examina como dois detectores azuis, deixando claro que estou sendo observada. É um aviso para eu não achar que ela ficou do meu lado. A imunidade é temporária e segue as regras da equipe, que dizem que sou inocente até que provem o contrário. Mas, depois disso, volto a ser presa fácil.

— Tá bom — rosna Miranda, colocando as mãos na cintura e torcendo o nariz para mim. — Mas na próxima vez que fizer isso, vou fazer você limpar o chão com a língua — sibila, para a alegria de quem se juntou para ver.

Não demonstro que Miranda me abalou e passo por ela, que esbarra de leve em mim, apenas o suficiente para que eu pise no que restou do seu almoço.

— Pobre menina, agora vai ter de comprar outro par de sapatos de 5 dólares — ouço uma delas dizer, mas nem me digno a virar.

Meu refrigerante rolou debaixo da cadeira de um jogador de futebol americano e foi parar em suas mãos. Já dou por perdido, pois está nas garras de um dos aliados das Louras.

Passo de cabeça baixa, mas ele toca no meu cotovelo. Reajo com um puxão violento.

— Ei — grita em resposta. — Isto é seu, não é? — Estende em minha direção a mão com que segura a lata de refrigerante. Aperto os olhos, procurando por algum sinal de pegadinha, um indício de que está esperando que me aproxime para abrir a lata sacudida na minha cara e me molhar toda. Porém, até onde vejo, ele parece sincero, então me aproximo com cautela.

— Obrigada — digo assim que o metal gelado passa de seus dedos para os meus.

Ele não parece nem um pouco com os outros jogadores, embora tenha o mesmo cabelo louro platinado e olhos azuis eletrizantes. Há algo de educado e gentil que eu não esperaria notar após ter testemunhado a violência em campo no jogo do fim de semana.

— Não esquenta. E não se preocupe com elas — diz, apontando discretamente para Miranda e o resto das puxa-sacos. — Tratam todo mundo assim no começo.

— Obrigada — digo, baixando os olhos, envergonhada.

Ele sorri para deixar claro que é um cara legal, acena com a cabeça para me mostrar que nem todos os jogadores são detestáveis e que a popularidade não necessariamente equivale a crueldade no Maplecrest High.

Quando volto para a minha mesa, Lukas está com a cara enfiada em um de seus gibis. Tão absorvido pela leitura que nem notou o que aconteceu a poucas mesas à frente. Suspiro.

— Bom saber que posso contar com você — reclamo, batendo com a lata na mesa.

— Oi? — pergunta, levantando os olhos pela primeira vez, confuso por eu estar tão aborrecida com ele.

— Nada — digo. Prefiro não reviver a experiência ao contar para Lukas.

— Ok. — E então me diz para não abrir a lata que bati na mesa com tanta força. — Vai estourar e molhar tudo — alerta.

— O que eu faria sem a sua sabedoria? — pergunto, mas Lukas já voltou a ler, e o que digo entra por um ouvido e sai pelo outro.

Fico mordiscando a maçã que eu trouxe e fico atenta à mesa delas. Nenhuma sequer olha na minha direção enquanto fofocam sob a luz do sol, que brilha como uma aura sobre seus cabelos. Sinto um aperto no estômago. Vai ser um longo ano se o emprego do meu pai der tão certo quanto ele espera.

De repente, Lukas arrasta o gibi para mim, com o dedo apontando uma cena grotesca de cadáveres sendo devorados por criaturas com o corpo apodrecendo. Fico ainda mais enjoada e devolvo a revista.

— Não quero ver isso — digo, sentindo o vômito remexendo no estômago.

— Leia, é rapidinho — pede, e falo que nem ler eu quero. — Olha, aqui diz que os zumbis se alimentam dos vivos e absorvem sua energia. É como obtêm força. — Vira a página e aponta para outra cena que me recuso a olhar. — E aqui mostra como eles atraem os outros. Envenenam o sangue das pessoas até que se tornem mortos-vivos. E quem se recusa é comido também — fala, enfiando o gibi na minha cara.

O desenho mostra um homem imobilizado no chão com zumbis salivando em cima dele, as feridas das criaturas pingando gotas de sangue na boca do coitado. No próximo quadrinho, o homem se tornou tão nojento quanto elas. Arranco a revista da mão do Lukas. Agora cai a ficha de que o pesadelo não foi causado por maus espíritos, e sim por ele e seu infindável estoque de gibis repugnantes e ridículas histórias de horror.

Tiro a revista do seu alcance e jogo longe. Ela desliza pelo chão e bate na lata de lixo que fica no fim da nossa mesa.

— Por que fez isso?

— Por me causar pesadelos, seu idiota! — grito de braços cruzados.

Lukas se levanta para pegar o gibi, e guarda na mochila depois que ameaço não falar mais com ele se o abrir de novo. Também aviso para não tocar mais no assunto ridículo de zumbis. Já estou de saco cheio. Digo que, se quiser que eu acredite nessa bobagem, é melhor que apresente alguma prova.

— Sem isso, eles não existem, sacou? — ameaço.

— Tanto faz — responde. — Você vai ver.

— Sinto muito, Hannah, acho que não temos vaga na equipe — diz a Sra. Donner, com um sorriso de quem pede desculpas. Ela me parou no corredor antes que eu pudesse mudar de direção. A professora dá a notícia enquanto o resto da escola passa por nós, um redemoinho de tênis se arrastando pelo chão e trechos soltos de conversas.

— Eu fui péssima, não fui?

— Não, não foi. Só precisa de treino. — Ajeita os óculos ao responder, procurando algo positivo para dizer.

Pergunto se isso significa que, oficialmente, não entrei para a equipe.

— Não este ano, infelizmente — diz, levantando os braços, pronta para me abraçar caso eu me desmanche em lágrimas, como certamente muitas garotas fizeram antes de mim ao receber a mesma notícia, com essas mesmas palavras.

— Talvez no ano que vem — respondo, dando um sorriso valente. A Sra. Donner parece contente ao ver minha determinação. Porém nada é de verdade, nem a intenção de fazer outro teste, nem o sorriso valente. Só não quero que sinta pena de mim. Minha vontade é que perceba que não estou sequer chateada.

E sei que é besteira ficar aborrecida com a notícia, pois sabia desde ontem à tarde que isso iria acontecer. Mas esse é o lado ruim de manter falsas esperanças: você começa a acreditar que um milagre pode acontecer, e aí dói muito quando o sonho acaba. Não que o sonho da minha vida seja me tornar uma animadora de torcida. Só não queria voltar a ser aquela garota que todo mundo sacaneia, mas acho que não tenho muita escolha agora.

Arrasto os pés pelo corredor quando o sinal toca. Os outros alunos passam correndo por mim, para evitar atrasos ou ter de cumprir detenção depois da aula. Procuro por um rosto familiar chegando por trás, mas não vejo sinal de Diana.

Talvez já esteja na sala. Não desperto mais interesse, e vai ver que nossa breve amizade dependia de eu me tornar uma das poucas escolhidas. Deve ser isso mesmo, mas espero que não. Uma amiga caía bem, mas não posso culpá-la. Que aspirante gostaria de se aproximar de alguém que já foi rejeitada?

Srta. Earle, nossa professora, aparece no corredor para fechar a porta assim que toca o último sinal. Ela franze a testa quando me vê andando devagar em sua direção.

— Srta. Sanders, já falamos sobre isso ontem — diz, levantando as sobrancelhas, que desaparecem na franja grisalha do penteado mais sem graça do mundo.

Dou de ombros ao passar por ela.

Sinto cheiro de mentol e remédios na pele da Srta. Earle quando levanta a mão para impedir minha entrada. Todas as portas do corredor se fecham ao mesmo tempo, provocando uma corrente de ar que levanta o fedor de mofo do vestido florido, e eu viro o rosto com educação.

— Mais uma vez, mocinha, e nos veremos depois da aula — diz.

— Beleza — falo sem olhar para ela.

Ela rosna diante do descaso, mas, mesmo assim, abre espaço para que eu entre. Ando com os dedos cruzados dentro do bolso enquanto procuro por Diana. A mesa dela está vazia, e olho mais uma vez para trás, para ver se está ainda mais atrasada do que eu, mas só vejo a Srta. Earle fechando a porta para que a aula comece.

A professora bate com a régua na mesa para acabar com as conversas. Espera que todos fiquem em silêncio para começar a chamada, sem tirar os olhos da listinha onde nossos nomes estão escritos com sua letra caprichada. Aguardo minha vez e digo "presente" com um gesto quando chama meu nome. Srta. Earle termina a ordem alfabética sem chamar Diana, pulando seu nome completamente, e fecha a lista de presença sem dizer mais nada.

Imagino que deva saber algo que desconheço. Talvez Diana esteja de férias ou doente, e a diretoria avisou os professores. Ou vai ver que Srta. Earle conhece Diana tão bem a ponto de saber que não a viu. É possível, diante da atenção especial que ela recebeu ontem da professora.

Espero a aula acabar para perguntar. Chego perto de sua mesa devagar, enquanto o resto dos colegas corre para as próximas salas.

Srta. Earle bate a caneta na pilha de testes que começou a corrigir no fim da aula, depois de dar alguns minutos para a gente adiantar o dever de casa.

— O que foi, Hannah? — pergunta, ao sentir minha presença sem exatamente olhar para mim.

— Hã... só estava pensando se a senhorita sabe o que houve com a Diana?

— Quem? — indaga, nitidamente querendo ficar em paz com os testes. Ela corrige com caneta vermelha, dando visto nas respostas corretas, e riscando as erradas.

— Diana — falo mais alto, tentando não murmurar desta vez. Mas o tom sai meio rápido e arrogante, a julgar pelo jeito com que a Srta. Earle aperta os olhos em minha direção. — Ela não estava na aula hoje — digo numa voz mais gentil, porque não quero que responda que não sabe só por causa da minha postura. Forço até um sorriso.

Srta. Earle dá um suspiro e abre a lista de presença, correndo o dedo retorcido pelos nomes. Acho estranho que precise ler uma, duas vezes, depois da forma com que gritou com Diana ainda ontem no corredor. Por outro lado, professores dão aula para seis ou sete turmas por dia, e com certeza não guardam todos os nomes dos alunos.

O dedo finalmente para sobre um nome riscado com caneta preta.

— Ah, Diana — dá um sorriso de reconhecimento. — Não está mais entre nós.

— O que isso quer dizer? — pergunto. Memórias de cantos e ameaças de morte ecoam nos meus ouvidos. Tenho visões de dentes afiados comendo carne. Começo a roer as unhas por força do hábito.

Porém, Srta. Earle não fornece uma informação tão sinistra quanto meus pensamentos.

— Foi transferida? Mudou-se? Não consigo acompanhar — diz, gesticulando.

O som das placas de VENDE-SE balançando ao vento ecoa na minha cabeça, e começo a entender. Diana foi embora, como tantas outras pessoas das inúmeras casas vazias desta cidade, onde a vontade de se mudar é contagiosa, quase como uma epidemia. Imagino que seja por isso que ninguém se importa ou pensa mais nos que se foram.

— Ok, valeu — digo, e a Srta. Earle me dispensa com um sorriso antes de retornar à correção dos testes, sem notar minha saída.

Entretanto, não consigo parar de pensar no assunto pelo resto das aulas. Por que Diana não me disse ontem que ia embora? Chego a tomar coragem de perguntar a uma das meninas que falava com ela, para descobrir se sabia de mais alguma coisa. A garota apenas deu de ombros e me ignorou quando indaguei mais. Olhou como se eu quisesse saber de segredos que não eram da minha conta e foi embora.

Talvez eu deva esquecer o assunto.

Vai ver que é assim que as coisas funcionam por aqui.

Ou, então, o pai de Diana é tipo o meu, e ao voltar para casa ela encontrou um carro de malas prontas para cair na estrada. Eu já fui embora de escolas sem avisar ninguém antes. Mas, de alguma forma, a situação parece diferente como tudo em Maplecrest.

NOVE

Sinto o ar frio na pele e os pulmões gelados ao correr depois do último sinal. Acho que o inverno chega cedo nesta parte das montanhas. Mais cedo do que estou acostumada, especialmente usando este casaquinho. Sigo as rachaduras da calçada, sem destino.

Bem, não exatamente sem destino. Sei para onde estou indo, só não tenho noção de onde fica.

Decidi passar pela casa de Diana e ver se descubro alguma coisa. Não dá para evitar depois de esbarrar com tantas coincidências estranhas. Preciso ver para crer que é apenas imaginação. São muitas histórias de zumbis e pouco sono. Se conseguir vê-la, vou saber que estou bancando a idiota. Basta notar um caminhão de mudança ou o vulto de Diana na janela. Qualquer coisa para silenciar a parte de mim que deseja ouvir a teoria de Lukas sobre massacres e assassinatos. Quero tirar da cabeça que causei problemas a ela ao mencionar seu nome ontem. Caso não faça isto, sei muito bem o pesadelo que me espera ao voltar para casa.

E também seria legal descobrir se ainda quer ser minha amiga, mesmo que eu não seja quem ela gostaria. Eu ficaria triste se dispensasse minha amizade. Quero ter um amigo nesta cidade que não seja doido varrido.

Sigo os postes de luz até o centro da cidade. O céu nublado deixa na escuridão as fachadas das lojas, cujas luzes interiores projetam-se pela Main Street. O vento é mais frio entre os prédios por terem sido construídos mais próximos uns dos outros nesta parte da cidade. Próximos, mas ainda assim abandonados. Só o som dos meus passos quebra o silêncio enquanto ando até a farmácia.

O sino da porta anuncia que entrei. O vento frio vindo de fora se choca com o ar que sai do aquecedor acima da minha cabeça. Os olhos da balconista me seguem enquanto vou ao quadro de avisos. Pego a lista telefônica em cima de uma mesinha e folheio as páginas até encontrar aquela com o endereço da Diana.

Arranco uma ponta de folha do meu caderno e copio o endereço, 16 Timbercrest Drive. Fica a duas ruas depois da minha, em direção à rodovia. Lembro-me de ter passado por ela quando estava de carro com meu pai, procurando por Walnut Cove na primeira vez que dirigimos pela cidade. Fecho a lista telefônica e recoloco na mesinha, diante do ar de suspeita da funcionária de olhos esbugalhados atrás do balcão. Volto para o cheiro de pinheiros e lenha queimando e tento não olhar para a moça, que observa da janela da farmácia meus passos pela rua afora.

As árvores sem folhas de Timbercrest Drive parecem esqueletos contra o céu. Os galhos balançam como uma floresta de ossos, e as nuvens ficam mais escuras e espessas, dando a impressão de que estou presa numa história assombrada. Sinto um arrepio e mantenho os braços junto ao corpo para me proteger do frio. Não estou tão longe agora. A numeração das casas segue de dois em dois, números pares de um lado e ímpares do outro. As placas de VENDE-SE são tão comuns quanto os jardins de flores murchas, igualzinho à rua onde moro.

Mantenho a cabeça baixa ao caminhar, com medo de olhar para cima e ver que não há nenhum caminhão de mudança parado em frente ao número 16. Tomo cuidado para não pisar nas rachaduras da calçada. Estou com dedos cruzados dentro dos bolsos, torcendo para que a sorte sopre como um vento para levar embora o ar sobrenatural desta cidade.

Dou um beliscão no meu braço por cima do tecido do casaco.

Belisco com mais força ao chegar ao endereço, mas não adianta de nada, porque quando finalmente resolvo olhar, não há mais nada ali. Somente uma residência azul-clara, mais ou menos do mesmo tamanho e formato da casa marrom onde moro.

Sem carros.

Sem caminhões.

Sem vultos se movendo atrás de janelas fechadas.

A única diferença entre a casa de Diana e as outras abandonadas é o jardim bem cuidado. As folhas foram varridas em montinhos, prontos para serem recolhidos e jogados na floresta. O mato foi retirado das rachaduras da calçada, e a cerca viva, podada. Até as plantas ganharam uma camada nova de adubo para o inverno, o que me faz pensar por que a família teria esse trabalho todo se estava de mudança.

É aí que também noto outra diferença.

Não há uma placa de VENDE-SE na grama.

Tento arrumar inúmeras explicações racionais, tipo a família estar de férias. Talvez eles tenham sido obrigados a cruzar metade do país para cuidar do enterro de um parente, e nem precisariam retornar se fosse um parente rico. Ou então a Srta. Earle se enganou. Não a conheço há tanto tempo assim, mas com certeza a professora tem um parafuso ou dois a menos. Ela treme muito os olhos, e vai ver que está ficando gagá.

Mas, de alguma forma, sei que não é nada disso. Posso sentir que o motivo é outro. Não sei explicar como, mas tenho certeza, do mesmo jeito que consigo prever quando vai nevar ou chover. Tenho essa sensação ao olhar para a casa de Diana, e uma pontada forte no estômago me diz para olhar mais de perto.

Meu coração dispara quando subo a entrada da garagem. O vento aumenta, passando pelos galhos como carros acelerando na rodovia, fazendo chover folhas sobre o chão. Fico arrepiada ao pensar que vou olhar pela janela e descobrir corpos apodrecendo, com a carne devorada até os ossos.

Respiro fundo e conto até três.

— Pare de ficar se assustando, Hannah — sussurro ao pisar na varanda.

Tento não prestar atenção no cheiro ruim de baunilha do perfume barato de farmácia que Diana e todas as outras garotas do colégio usam. Bato na porta e ouço o silêncio em resposta. Repito, com mais força e determinação, como se conseguisse fazer com que a família aparecesse simplesmente por bater na porta com violência.

Ninguém me responde, então decido sair da varanda e olhar pelas janelas.

Os arbustos não deixam as janelas da frente da casa à mostra, então dou a volta para procurar a janela de um dos quartos. O primeiro andar é um pouco alto, pois o porão não fica todo no subsolo, e assim tenho de me esticar para ver alguma coisa. Fico na ponta dos pés e agarro no peitoril. Minha respiração embaça o vidro imediatamente, mas não adianta passar a mão porque a janela é muito alta. Do meu ângulo só consigo ver o teto, então me solto. Avanço com dificuldade pelo quintal até os fundos, onde há uma porta de correr, toda de vidro, que leva à cozinha. Imagino que dali seja possível ver tudo.

Antes mesmo de chegar perto, percebo que a casa não está vazia. Vejo a mesa da cozinha arrumada para uma refeição, com as cadeiras ao redor. Ao me aproximar, percebo um copo d'água pela metade em cima da mesa, com um guardanapo amassado ao lado. A bancada ainda cheia de utensílios domésticos e louça. E noto, na escuridão, a silhueta de um sofá na sala. Tenho certeza de que, se estão de mudança, ainda não saíram.

Junto as mãos ao lado do rosto e meto a testa contra a porta. O reflexo desaparece e o interior da casa entra em foco, como uma televisão. Tudo está nos seus devidos lugares, até eu olhar com mais atenção.

Um copo quebrado no chão ao lado da pia da cozinha.

Uma cadeira virada na sala de estar.

Minhas mãos começam a tremer ao descobrir sinais de luta. Já vi muitas séries policiais para saber que algo aconteceu, alguma coisa terrível. A sensação incômoda dentro de mim vira pânico ao imaginar as possibilidades horríveis. Talvez seja mesmo como Lukas disse, ninguém se muda de verdade, o Esquadrão da Morte vai de casa em casa para matar quem não quer mais por perto.

Tento tomar fôlego, mas a respiração sai acelerada e assustada. E se ainda estiverem lá dentro? E se eu for vista? Tento correr, mas minhas pernas tremem, paralisadas.

Algo surge no reflexo do vidro. Meus olhos seguem a imagem como se fosse uma estrela cadente e vejo uma sombra surgindo atrás de mim. Uma pessoa. Um homem. Tento gritar, mas um braço me agarra por trás, como uma corda me amarrando a um poste. O barulho que faço sai fraco como o guincho de um ratinho.

Começo a suar ao redor da boca quando a outra mão se fecha sobre ela.

Os braços são fortes como concreto, e me sinto inerte ao ser arrastada para longe da porta. Ele gira meu corpo até eu encarar um par de olhos escondidos por óculos da cor da meia-noite. Olhos que parecem as órbitas escuras de esqueletos e um sorriso de dentes reluzentes. Um distintivo no peito, em forma de estrela, que brilha como uma aura mesmo num dia nublado.

— **Está tudo** bem, calma — o xerife repete sem parar, enquanto continuo a gritar na palma de sua mão. Paro de sentir o gosto salgado de sua pele quando fecho a boca. Respiro pelo nariz como um animal aprisionado, de forma frenética, até me relaxar lentamente quando entendo quem ele é. O distintivo na camisa me diz tudo o que preciso saber.

Quando percebe que fiquei calma, ele tira a mão do meu rosto e solta a minha cintura. Dou um passo para trás, as mãos tremendo ao ritmo do coração que bate forte, toda arrepiada.

Se há uma coisa em que não confio é a polícia, especialmente depois do que fizeram com meu pai. Não foi justa a forma como foi perseguido por tentar agir corretamente. Ficaram contra ele quando acusou colegas corruptos. Os policiais são tão ruins quanto as panelinhas do colégio. Os rumores que espalham sobre meu pai nos seguem aonde quer que nós vamos, até mesmo nos menores vilarejos, a quilômetros da cidade em que morávamos. Os policiais sempre nos incomodam e impedem que ele volte para o emprego que ama. Às vezes perturbam tanto que são o motivo de nossa mudança. Eles multam meu pai por infrações que não cometeu e o interrogam sobre crimes que jamais ocorreram. Estão livres para nos importunar porque não há ninguém para policiá-los, e por isso não confio neles.

Nunca.

Desconfio especialmente de um policial que chega por trás e quase mata uma garota de susto, como esse aí na minha frente, com um sorriso sinistro e olhos invisíveis.

Ele inclina a cabeça de lado e cruza os braços, com as pernas posicionadas para impedir minha fuga enquanto me encara. Pareço pequena e frágil no reflexo dos óculos. Sei que passo a impressão de ser uma criminosa em potencial do outro lado das lentes escuras. Uma adolescente desajustada se metendo onde não deve.

— Agora, que tal me dizer o que está fazendo aqui? — Sua voz parece com um carro engatando a marcha errada, um som grave de metal, como o barulho de um trovão ecoando em alto-falantes antigos.

— Eu... só estava... — gaguejo e fico ainda menor diante do seu olhar, ao colocar as mãos na boca para que parem de tremer. Tento engolir o nervosismo e continuo. — Estava visitando minha amiga — consigo dizer sem tropeçar nas sílabas.

O xerife coça a barba por fazer, levando em conta o que falei, enquanto põe a outra mão na cintura, a poucos centímetros da arma.

— Você conhecia a menina que morava aqui? — me interroga como uma suspeita.

— Mais ou menos — confesso.

Percebo que não acredita completamente no que eu disse.

Fico piscando e olhando para os lados porque não gosto da forma como me encara. Estou incomodada por não conseguir enxergar seus olhos. Sinto um arrepio pelo jeito com que vira a cabeça de um lado para o outro, me examinando como os garotos fazem. Só que não é um garoto, é um homem, um estranho sem ninguém por perto e com uma estrela que permite que ele faça o que quiser. Isso me deixa atormentada, e evito olhar para ele. Paro ao perceber que essa atitude só me faz parecer culpada, então passo a encará-lo e espero, nervosa, que diga alguma coisa.

O xerife enche o peito ao pigarrear. Outra vez vira a cabeça de um lado para o outro, e escuto seus ossos estalando.

— Você é aquela garota nova? Da família que acabou de se mudar? — As palavras saem de lábios que mal se movem, com um sorriso de desprezo.

Concordo com aquilo que ele já sabe.

Sempre digo para meu pai que é impossível se esconder numa cidade pequena, mas ele nunca me escuta. A polícia logo descobre quem somos, querendo saber se nos mudamos com a intenção de dar um golpe, como os vigaristas de vários livros que li. Pesquisam o nosso passado e sabem tudo sobre nós antes mesmo de abrirmos a última mala.

O xerife se aproxima e eu recuo assustada.

Ele ri e levanta as mãos, para mostrar que não tem intenção de me machucar. Isso só me deixa um pouco aliviada.

— Desculpe ter assustado você — diz. Já não era sem tempo que se desculpasse, pensei. — Estava passando de carro quanto vi o momento em que se esgueirou atrás da casa. Não se pode dar mole para os ladrões quando alguém se muda.

— Eles se mudaram? — falo, olhando e apontando para a mobília ainda presente na casa, esperando ser usada pelos moradores. — Mas... as coisas deles estão aqui.

— É, por isso vim dar uma olhada — o xerife responde. — Pediram para que eu desse uma passada. Muita gente espera até arrumar a vida em outro lugar para então mandar buscar suas coisas mais tarde.

Coloca as mãos no cinto ao passar por mim, esbarrando de leve no ombro. Acompanho enquanto o xerife verifica a porta de vidro. Ele parece satisfeito ao notar que está trancada, mas não percebe a cadeira caída ou o copo quebrado no chão. Eu aponto os objetos da maneira mais gentil possível, para que não pareça que estou dizendo como deve fazer seu trabalho.

O xerife contrai a expressão ao sacudir a cabeça.

— Não deve ser nada. Provavelmente estavam com pressa de sair.

Passei a vida inteira com pressa de sair e jamais deixei um lugar com esse aspecto. Não comento isso, porém. Deixo o vento jogar o cabelo no rosto, me sentindo mais segura ao observar o xerife por trás das mechas, como um tigre escondido no mato alto da selva.

— É mesmo triste — diz, mas não há nada de tristeza em sua voz quando começa a falar sobre a morte das cidades pequenas. — Parte do meu trabalho é proteger casas vazias porque ninguém mais se importa com a comunidade. — Dá um rosnado de desprezo, batendo com os nós dos dedos na lateral da casa, com ódio de todos os que discordam dele.

Ele me acompanha para longe da porta, abrindo os braços como um pássaro afastando um predador, e me segue até a frente da casa. O carro de polícia está parado na rua, preto e branco como uma zebra sem listras. O xerife abre o porta-malas, onde consigo ver, mesmo da calçada, o vulto de placas de VENDE-SE empilhadas como bagagem. Ele tira uma e coloca com cuidado no gramado.

Mordo o lábio enquanto ele martela o anúncio no chão, a terra dura pelo frio cedendo à ponta de metal da placa. É estranho que um xerife tenha de fazer isso, esquisito como todo o resto desta cidade. Ele nota que estou olhando, e sei que percebeu o que pensei pelas minhas sobrancelhas levantadas. O xerife ajeita o corpo, alto e ameaçador, com as árvores atrás dele como lâminas girando no horizonte.

— Onde é mesmo que você mora? — pergunta. — Eu a levo em casa.

— Não precisa. — Sinto um arrepio ao pensar nele sabendo onde moro. Além do mais, a ausência do meu pai é a última coisa que quero que descubra, pois parece o tipo de policial que não hesitaria em me mandar para um orfanato. — Não é longe, dá para ir a pé.

— Não é problema — diz, se aproximando. — De qualquer forma, gostaria de conhecer seu pai. Ele era da polícia, não?

Falo que isso foi há muito tempo, mas respondo muito depressa e na defensiva. Ele tira os óculos escuros e me encara com olhos fundos, da cor do mar, cercados por um suave brilho rosa. Perco todo o fôlego.

Começo a me afastar devagar.

— Meu pai não está em casa... não agora — falo, concentrando-me em manter os pés em movimento. — Eu falo para ele que o senhor quer conhecê-lo alguma hora dessas. — Aí dou adeus, viro e luto para não sair correndo. Olho pelo ombro assim que passo por algumas casas. Ele continua me observando. Acelero um pouco discretamente, até ouvir o motor sendo ligado quando chego à esquina.

O carro segue na direção contrária.

Volto a respirar com calma quando o vento leva o barulho do carro para além das montanhas. Após correr até minha casa, tranco a porta e desabo no chão, vendo as sombras tomando conta da sala, e tento me esconder na segurança da escuridão.

Quando a água do jantar ferve sobre o fogão, já estou furiosa comigo mesma por ter me permitido levar pela imaginação. Jogo o macarrão dentro, vejo as bolhas aumentarem e balanço a cabeça diante do ataque de bobeira que me deixou tão assustada. Essa é exatamente a razão por que fiz meu pai prometer que não me deixaria mais sozinha. Sempre que isso acontece, dou asas às tramas mais absurdas.

Já devia saber.

Nada tão interessante quanto um assassinato ocorreria numa cidadezinha como Maplecrest. Entretanto, não quer dizer que a situação não seja esquisita.

Não é normal o jeito como o xerife chegou de mansinho em mim, nem todas aquelas placas de VENDE-SE guardadas como se fossem cadáveres no porta-malas. Seus olhos também não eram comuns; tinham o mesmo ar hipnótico das animadoras de torcida, dos jogadores de futebol americano e dos monstros nos gibis do Lukas.

Levanto de repente a panela do fogo e desço com força.

— CHEGA! — grito.

Vou ficar louca se não tirar essas ideias da cabeça. Fico concentrada em fazer o jantar. Escorro o miojo, jogo o tempero do pacotinho, e vejo as cores mudarem de branco para marrom, enquanto a massa absorve o sabor. Ligo a televisão na esperança que algo me distraia.

Passo as próximas horas mudando de canal, vendo programas chatos sobre a tralha que as pessoas descobrem nos sótãos, carros com televisões melhores do que a minha e festas de debutantes que custam mais do que a casa em que moro. Até que isso é, estranhamente, reconfortante. Essa gente burra passou por uma lavagem cerebral, parece mais com zumbis do que os moradores de Maplecrest. Finalmente fico cansada o suficiente para dormir.

Desligo as luzes de todos os aposentos, verifico se as portas e até mesmo as janelas estão trancadas, só para garantir. Enquanto decido se lavo ou não a louça, o telefone toca.

É o meu pai.

Sei que é ele antes mesmo de atender porque está tarde demais para receber telefonemas de vendedores, pesquisas de opinião ou credores. Além disso, ninguém ligaria para nós aqui.

— Alô, pai — digo ao levar o fone ao ouvido.

— Alô — responde. É legal ouvir a voz dele me perguntando como vão as coisas. Pelo barulho de trânsito, sei que ele está ligando de uma parada na estrada. Imagino meu pai debruçado no telefone público, com uma das mãos mão tapando a orelha para não ouvir o ruído ao fundo. É uma imagem tão solitária que desisto de guardar rancor e simplesmente digo que estou bem. Sei que não faz sentido, mas consigo ouvir seu sorriso. É verdade.

Quase conto o lance do xerife, mas decido esperar que volte para casa. Isso só o deixaria nervoso, e não quero que se preocupe, se for possível evitar.

— A escola vai bem?

— Mais um dia que passa, já é alguma coisa — digo, e ele parece contente de ver que recuperei o humor pessimista de sempre.

A gente fala um pouco sobre nada muito importante. Ele comenta sobre o trânsito nos arredores de Nova York e como está contente por não morarmos mais por lá. Ri quando falo sobre a mulher de olhos esbugalhados da farmácia, que só faltou ter antenas na cabeça.

— Cidades pequenas têm muita gente esquisita — ele brinca, mas o comentário me faz parar para pensar.

O que meu pai disse se aplica a todos os lugares que já estivemos. As cidadezinhas perdidas nas montanhas estão sempre repletas de caipiras toscos. São tantos que perco a conta.

É aí que percebo o que me incomoda sobre Maplecrest. A cidade não está repleta desse tipo de gente. Tem mais pessoas bonitas aqui do que em qualquer outro lugar. Não parece natural que Maplecrest tenha tantas garotas lindas assim.

— Tento ligar amanhã — diz meu pai. — Se não der, com certeza ligo depois de amanhã.

— Aham — murmuro, mas minha mente continua ocupada com o mistério da população atraente que vive no meio do nada. É como se os feios fossem expulsos, um por um, até que os bonitos morassem sozinhos numa cidadezinha de perfeição. Isolados nas montanhas, sem ter nada que atraia visitantes para que, assim, possam criar sua própria utopia onde o tempo parou.

É de embrulhar o estômago.

Uma gravação interrompe a conversa, pedindo mais dinheiro para manter a ligação, mas não temos mais o que falar.

— Boa-noite, Hannah — fala meu pai.

— Dirija com cuidado — respondo, desligando o telefone.

Fico parada na cozinha um minuto, olhando a louça na pilha. Meus dedos continuam sobre o telefone enquanto relembro todos os eventos da semana passada, conectados como os fios de uma teia de aranha. Diana falou que eu estava destinada a me tornar uma delas como se contasse algo que eu não devia saber. E aí ela desaparece do nada.

É quase como o gibi que o Lukas quis que eu lesse no almoço.

É quase como se alguém a tivesse levado embora por me conduzir à verdade.

Sinto que tudo está perto de fazer sentido quando o barulho de galhos contra a janela quebra minha concentração. Fico assustada e giro o pescoço na direção do ruído de folhas sendo pisoteadas lá fora, perto das paredes. É o barulho de ser observada por olhos ocultos e que afasta a calma que batalhei tanto para conseguir, depois de horas vendo besteira na televisão.

Desligo as luzes e encosto na parede, me espremendo enquanto prendo a respiração, torcendo para não ser vista e que aquilo lá fora, seja lá o que for, vá logo embora.

No escuro, só ouço o silêncio e volto a ficar irritada comigo mesma.

— Provavelmente é apenas um guaxinim ou esquilo — sussurro, tentando me convencer. Repito várias vezes até criar coragem de ir à janela e encostar o rosto no vidro gelado.

Nada devolve meu olhar além da lua e das estrelas.

Nada lá fora a não ser os monstros da minha imaginação.

Decido ir dormir antes que invente mais alguma coisa para me assustar. Mas, ao pisar dentro do quarto, vejo a luz de faróis bater no teto, convertida num clarão azul e púrpura pelo filtro dos sonhos pendurado na janela. Quando chego para olhar, só vejo as luzes vermelhas de freio fazendo a curva.

— Não estou doida. Alguém esteve aqui. — O som da minha própria voz me acalma. Alguém estava observando. Mas não sou boba a ponto de pensar que a situação seja diferente da que a gente passou em Pittsfield ou Burbank. Eles foram embora porque não procuravam por mim.

Nunca procuram por mim.

Já devia saber desde o início. Não é uma história assombrada. Procuram pelo meu pai. É sempre assim quando os credores descobrem a gente, eles aparecem fora de hora, exigindo isso ou aquilo. Ficam rondando até que encontram meu pai em casa. Geralmente não são perigosos. Ainda assim, a situação me irrita. Como se eu já não tivesse problemas demais, ainda tenho de encarar isso. Abraço meu travesseiro e caio na cama.

Da próxima vez que meu pai ligar, vou continuar furiosa com ele não importa o quanto pareça solitário!

DEZ

Lukas passa na minha casa antes da escola. Estou no meio do ritual procrastinador de ir e voltar do banheiro para a televisão enquanto me arrumo quando a campainha toca. Ele pergunta se quero tomar café da manhã na lanchonete. As opções na despensa não são lá apetitosas, mas o dinheiro que tenho não vai durar se eu ficar indo à lanchonete.

— Não sei — falo de um jeito que Lukas perceba que ainda há chance de me convencer, que estou pronta para trocar os chinelos pelos tênis se disser a coisa certa para que eu mude de ideia.

— É por minha conta — ele diz as palavras mágicas.

— Só um segundinho — grito, deixando Lukas na porta.

Pego minhas coisas, desligo a televisão, calço os sapatos, visto um casaco e o encontro lá fora. A caminho da lanchonete, decido não contar o que aconteceu ontem.

Especialmente sobre Diana. Sei o que vai dizer e não estou com humor para seu papo sangrento a essa hora da manhã. Só quero comer panquecas, tomar café e conversar sobre assuntos normais.

Tomei a decisão ontem à noite, quando estava na cama, de olhos abertos, de que não falaria mais sobre conspirações e zumbis. Meus problemas são reais e não preciso de novos imaginários. Tenho um pai que viaja por meio país, deixando-me sozinha para encarar os babacas a quem a gente deve dinheiro. Frequento um colégio onde o máximo que vou conseguir ser é uma excluída. Tenho uma amiga que pode ou não ter sumido de forma misteriosa. E o xerife acha que sou uma garota-problema. A meu ver, é o suficiente.

Vindo das montanhas, a luz da alvorada recai sobre os prédios de tijolos aparentes da Main Street. Nem a cor do nascer do sol diminui o aspecto decrépito das construções. A pintura das fachadas está descascando e apresenta falhas. As fundações estão rachadas e afundando. Até o acabamento metálico da lanchonete parece mais uma relíquia enferrujada do que uma estrela à luz do sol.

— Esta cidade realmente é uma droga — digo, como se finalmente percebesse o que vinha sentindo desde então.

— É — é tudo o que Lukas diz ao abrir a porta para mim.

Sigo até a mesa vazia mais próxima, e nos sentamos de frente um para o outro, encostados na janela. A garçonete chega logo, pergunta o que vamos querer, anota os pedidos e desaparece no barulho de louça e conversas ao redor.

Passamos o tempo conversando sobre o professor de geometria, imitando a cara de sapo que ele faz ao falar. Lukas é bom nisso, pois consegue mexer as orelhas do mesmo jeito que o professor, o que me faz rir. Mas meu humor muda depressa quando a expressão de Lukas retorna ao normal ao ver a porta da lanchonete.

— Não olhe agora, mas suas melhores amigas chegaram.

Levanto a colher e vejo, pelo reflexo, quatro figuras louras e espichadas como se estivessem em uma casa de espelhos. Elas vêm em direção a nós, retornando lentamente ao tamanho e proporções normais. Escondo o rosto com a mão, torcendo para que passem sem me notar.

Não dou sorte.

O som dos passos para a poucos centímetros.

Viro a cabeça e vejo Maggie Turner parada, enquanto as outras meninas dão risinhos e prosseguem para uma mesa no final da lanchonete. Ela está com as mãos nos bolsos de um casaco comprido, que combina perfeitamente com o chapéu de tricô e debrum de pelo branco como sua pele de porcelana. Os lábios, desenhados como os de uma boneca.

— Oi, Hannah — fala, dando o sorriso que faz os garotos se apaixonarem à primeira vista por ela.

Afundo no assento, me sentindo pequena diante de Maggie em pé ao meu lado. É uma sensação de vergonha e inferioridade. Não falo nada porque acho que é uma armadilha, somente sorrio, mantendo a boca fechada e um pouquinho hostil.

Maggie faz a mesma expressão, que ganha outro significado em seu rosto. Não tem nada da minha timidez.

Quando Maggie faz uma cara assim, é como se fosse uma mãe ressentida do comportamento dos filhos em relação a mim. Ela parece estar pedindo desculpas sem falar.

— Não quero interromper vocês — diz, virando para Lukas, que continua com ódio nos olhos, pronto e decidido a me proteger da deslealdade feminina.

— O que você quer? — ele dispara.

A pele rósea ao redor dos olhos de Maggie fica marcada pela irritação e raiva. Ela o encara antes de se virar para mim, e sua expressão retorna ao estado normal de suavidade e gentileza.

— Só queria lhe contar que a Sra. Donner mandou mal ontem. A equipe conversou... e, bem, queremos você conosco.

Fico de queixo caído, sentindo o sangue pulsar nas têmporas. Parece que o mundo parou de girar e tudo está em câmera lenta, tão devagar que mal entendo o que ela diz. Então a cena acelera e tenho certeza de que ouvi certo, mas não consigo acreditar.

— Você está de brincadeira? — digo.

Maggie ri e balança a cabeça.

— Não, você realmente foi bem — fala, com a expressão de um anjo que jamais mentiria. — Claro que vacilou algumas vezes, mas dá para ver que leva jeito. Além disso, é óbvio que você é bonita demais para não ser uma de nós — diz, piscando para mim.

Eu me recuso a acreditar até o momento em que ela apoia a mão sobre a minha. Sinto passar um calor eletrizante, que reacende todos os planos que descartei como lenha na fogueira.

— É sério? — digo, sorrindo pela primeira vez.

Maggie devolve o sorriso, agora como uma irmã ou uma melhor amiga. É toda a resposta que preciso. Sinto o olhar de Lukas sobre mim e o ignoro. Não vou deixar que me faça sentir culpada por estar empolgada, que estrague a única coisa boa que me aconteceu nas últimas semanas.

— Todas estão doidas para lhe dar parabéns — diz.

— Até a Morgan? — pergunto, lembrando de seu comportamento no vestiário. — E a Miranda? — Sinto um enjoo ao lembrar a cena no refeitório.

Maggie gesticula para deixar claro que as duas não são importantes.

— Não se preocupe. Elas vão acabar aceitando.

— Não sei o que dizer — admito.

— Que tal "obrigada"? — Maggie sugere.

— Ok, obrigada — digo. Não consigo esconder a minha alegria, e me sinto uma idiota sentada com um sorriso enorme na cara. Mas Maggie parece contente ao ver minha expressão, e me convida para sentar com elas, se eu quiser, deixando claro que o convite só se aplica a mim. Por causa disso, falo que não posso. — Da próxima vez — respondo, e ela me faz prometer antes de ir embora.

O silêncio a seguir era o que eu já esperava de Lukas, assim como o olhar para a janela, me evitando. Mas não vou mudar minha decisão, nem fingir que odeio todas elas só porque Lukas quer. Tenho certeza que a maioria das meninas é gente boa, se ele desse uma chance para elas. Ou, pelo menos, quero descobrir por conta própria. Odeio quando as pessoas fazem um prejulgamento sobre mim, e eu seria uma hipócrita se agisse da mesma forma.

E, mesmo que não diga nada disso para ele, também não tento esconder minha empolgação. Consegui entrar de verdade para a equipe! Tentei fazer uma coisa para valer e me dei bem. Vou aproveitar esse fato raro.

— Não se prenda por mim, pode se juntar às suas verdadeiras amigas — Lukas resmunga, vendo o sorriso grudado no meu rosto.

— Isso não é justo.

— É... bem, não é mesmo — diz ao sair da mesa. Tira uma nota de 5 dólares e duas moedas de 25 centavos do casaco e deixa cair na mesa. As moedas giram até pararem com a coroa para cima. Lukas sai depressa e fico sozinha, observando-o da janela.

Não tento detê-lo.

Sei que não quer ouvir nada que eu tenha a dizer; não agora, pelo menos. Espero que esteja mais calmo no terceiro tempo para que possa falar com ele.

Maggie apresenta o resto das animadoras de torcida antes da primeira aula. Lista um monte de nomes parecidos, pois todos começam com a mesma letra. Faço o possível para decorá-los, com medo de chamar alguém pelo nome errado. Não quero vacilar, nem comprar inimizades na primeira oportunidade que tenho de ser popular.

Sinto como se fosse um filhote de cachorro rodeado por crianças num playground quando as animadoras de torcida se aglomeram à minha volta quando estou diante do meu armário. Recebo atenção de todos os lados, sem saber para onde olhar ou o que dizer. Maggie parece a dona orgulhosa, me exibindo e dando chance para que todo mundo me afague. Fica ao meu lado para garantir que eu não seja soterrada à medida que as meninas se aproximam cada vez mais para fazer eu me sentir bem-vinda.

Nem todas chegam perto, algumas ficam a distância, como Morgan e Miranda. Pela expressão amarga em seus rostos, fica óbvio que, se a decisão foi por votação, elas perderam, sendo superadas pelo resto das meninas, que me sufocam com delicadezas. Percebo que fiz tempestade em copo d'água na semana passada, pois não havia uma conspiração envolvendo a escola inteira para me sabotar. Era somente meia dúzia de esnobes, e, como sempre, deixei que me abalassem.

Tanto faz.

Não importa agora. Os insultos não têm mais sentido diante dos elogios que recebo de todas as demais. E sinto um pouco de prazer ao ver a cara triste de Morgan e Miranda, as duas afastadas, sem que tenham conseguido jogar o mundo contra mim.

Ouvi Meredith dizer para todas que sabia desde que me viu. Algumas das meninas a cumprimentam. Sou sua primeira recruta. Acho que é preciso rolar um convite para a equipe e, se alguém for aprovada, a ocasião é tão importante para quem sugeriu o nome quanto para quem foi recrutada. Isso também quer dizer que ela é responsável por me ensinar as regras. Por mim, tudo bem. Se eu pudesse, provavelmente escolheria a Meredith, mesmo.

Ouço as vozes ao redor como o barulho de passarinhos. Tento entender quem disse o quê, mas me perco com as palavras girando como em um carrossel, ecoando contra os armários, portas e as paredes de tijolos do corredor.

— Com quem você costuma almoçar? Você vai sentar com a gente, né?

— Claro que vai.

— Esse agasalho não cai bem nela? A cor é perfeita.

— Ia ficar horrível em mim.

— Onde mais ela iria se sentar?

— Tenho uma roupa que vai ficar *incrível* em você.

— Não esqueça de guardar um lugar para ela.

— Vou trazer amanhã. Claro que você pode ficar com ela pelo tempo que quiser.

Todas falam ao mesmo tempo, sem chance de eu responder a qualquer uma delas. Só consigo ficar parada, olhando de um lado para o outro, até ficar tonta.

— Chega! Deixem a Hannah em paz agora — Maggie grita, dizendo que haverá mais tempo para me conhecer e que nós duas temos de ver a Sra. Donner antes da primeira aula. Maggie me leva embora, após um último alvoroço de cumprimentos.

Dá para notar imediatamente a diferença entre andar pelo corredor ao lado de Maggie e andar sozinha. As pessoas dão passagem, olhando e sussurrando, abrindo caminho como em um filme em que a realeza passeia pelo pátio do castelo. Jamais fui popular o suficiente para passar por uma experiência como essa. É uma sensação estranha, mas com certeza vale a pena se acostumar a ela.

Maggie repassa a programação do resto da semana. Tento acompanhar, mas logo me perco. São muitos horários, lugares e datas para decorar. Maggie diz para não me preocupar, que está tudo anotado, e que a Sra. Donner vai me passar um papel com tudo impresso bonitinho.

— Ah, quase ia me esquecendo — Maggie diz quando a gente se aproxima da sala da Sra. Donner. — Meu pai falou que você foi legal quando ele a encontrou ontem.

Ela diz como se eu soubesse o que está falando.

— Quem é o seu pai?

— É o xerife.

— Aquele é o seu pai? — Minha voz falha, não acreditando.

Maggie ri, pois com certeza não deve ser comum que alguém não saiba que seu pai é o xerife. Acho que é um dado que todo o mundo provavelmente conhece em uma cidade como esta.

Não sei bem por quê, mas a informação também me causa risos quando lembro o encontro. Tudo faz mais sentido agora. O xerife falou daquela maneira porque Maggie deve ter dito algo sobre mim. Por isso ele tem os mesmos olhos azuis eletrizantes que ela. Acho que o xerife ficou menos sinistro agora que sei que é o pai de Maggie. O cara deve ter ficado com a impressão que sou louca.

— Sabe, eu tive medo dele — admito, rindo agora que percebi o tamanho da bobeira.

Maggie sorri.

— É, ele mete medo nas pessoas — ela diz, fazendo com que me sinta melhor. Então, imagino que possa esclarecer um último mistério.

— Então, por acaso você conhece a Diana? — pergunto.

— Aham — concorda. — Ela fazia o teste, sei lá, todo ano, mas definitivamente não levava jeito. Fiquei até feliz quando soube que ia se mudar. Assim não vou mais ter que aturá-la me enchendo para arrumar um lugar na equipe.

Olho para os pés e balanço a cabeça.

Tenho vontade de me bater por ter perdido o sono por causa disso.

— Desculpe, você era amiga dela? — Maggie pergunta, percebendo que eu devo ter ido à casa de Diana por alguma razão. — Não quis falar mal.

— Não, está tudo bem. Eu realmente não a conhecia tão bem assim — admito.

— Ótimo, então podemos esquecê-la — Maggie diz e eu concordo, contente por tirar esse assunto da cabeça de uma vez por todas. Estou pronta para recomeçar do zero em Maplecrest ao entrarmos na sala da Sra. Donner.

Eu o observo no almoço. Ele está a duas mesas da minha e seu rosto aparece e desaparece enquanto as pessoas passam entre nós. Ontem, quando me devolveu o refrigerante, eu estava distraída demais para perceber como era gatinho. Mas agora notei. O cabelo é repartido ao meio e cai ao lado dos olhos como as orelhas tristes de um coelho, tão louro e sedoso que aposto que deve parecer com um bicho de pelúcia sob os meus dedos.

Ele não aparenta ser durão como os jogadores devem ser. Parece mais delicado, jovem, como um menininho, só que mais forte, com olhos perigosos que não me assustam quando vê que estou olhando para ele.

Finjo olhar para outro lado, mas continuo observando discretamente.

Sinto a mão tremer e um vazio no estômago quando ele devolve o olhar. As bochechas ficam vermelhas quando tento conter um sorriso, mas não consigo evitar. Luto contra a vontade de cobrir minha boca e apenas afasto o cabelo para trás da orelha.

Finalmente pisco os olhos e deixo um sorriso escapar.

Só viro o rosto quando sua mão se levanta para dar um tímido aceno.

— Acho que ele gosta de você — Meredith sussurra com a mão em concha no meu ouvido, escondendo as palavras como se fosse uma espiã. Seu hálito é quente e me faz cócegas.

— Quem é ele? — pergunto, evitando mover muito os lábios porque o garoto continua me observando. Meredith diz que se chama Greg, cursa o penúltimo ano, está no time de futebol americano desde os tempos de calouro e é o único que ainda não namorou nenhuma das outras meninas.

— Acho que finalmente encontrou uma de quem gostasse de verdade — Maggie diz, segurando um palitinho de cenoura de maneira obscena, sugerindo a forma com que Greg gosta de mim. Todas nós ficamos vermelhas antes de cairmos na gargalhada.

— Seu outro namorado não vai ficar com ciúmes, vai? — Meredith pergunta, olhando para o lado oposto do refeitório, onde Lukas está sentado sozinho, escrevendo sem parar no caderno.

Reviro os olhos e suspiro.

Não imaginava que fosse tão difícil ser amigo delas e de Lukas ao mesmo tempo. Tipo, já sabia que as meninas não gostavam dele e tudo mais. Isso dá para encarar. Mas pensei que Lukas pudesse ser uma espécie de melhor amigo secreto, a pessoa com quem eu contaria para falar de algo sério. Achei que ele fosse encarar numa boa, afinal é um excluído.

É, eu sei, estou sendo muito insensível.

Mas isso não significa que Lukas tenha de me tratar da forma que fez hoje. Não quer falar comigo desde que saiu em um rompante da lanchonete. Parece que deseja que eu me afaste e tome o partido das meninas só para provar que está certo.

Tentei falar com ele no terceiro tempo, mas fui ignorada.

Cheguei a esperar por Lukas antes do almoço. Não queria que me visse na mesa das alunas populares ao entrar e pensasse que tudo acabou. Se não tivesse sido grosso quando me aproximei e peguei em sua manga, eu sentaria com ele mesmo que não me convidasse.

— Me deixe em paz, Hannah — gritou. — Ou já tem outro nome? Michelle? Mara? Que tal mandar um recado assim que descobrir como está sendo chamada?

Soltei sua manga e o vi ir embora. Esperei até que se sentasse antes de entrar para ficar ao lado de Meredith, Maggie e minhas novas amigas.

Ainda me sinto mal, mesmo com a babaquice dele. Queria poder fazê-lo entender simplesmente estalando meus dedos, mas nada é assim tão fácil. Vou ter de continuar tentando, porque, no fim das contas, Lukas vai perceber que ainda sou a mesma pessoa.

— Não se preocupe com ele — diz Meredith ao ver que estou deprimida. — Ele sempre foi meio estranho.

Franzo a testa para que fique claro que não deve debochar de Lukas perto de mim. Mas, de qualquer forma, Meredith está certa. Preciso deixá-lo de lado por agora. É ele que deve superar a situação, não eu.

Volto a olhar para Greg.

Neste exato momento, ele é bem mais interessante que Lukas. Sonho acordada em ser sua namorada. Greg vai me mostrar um lado diferente de Maplecrest e apagar as más impressões. Talvez a gente se apaixone para sempre. Vamos ficar noivos, casar e ter filhos com cabelo sedoso como o dele.

— Posso falar com ele por você — diz Maggie.

— Não! — grito e ela ri.

— Não fique nervosa — Maggie fala calmamente. — Tenho certeza de que vai gostar de você. Afinal, é uma de nós agora.

Uma delas.

Tento entender os privilégios e responsabilidades que advêm dessa ideia. Ser capaz de sair impune de situações que expulsariam outros alunos. Ter de manter a aparência correta. Tudo o que gira em torno de ser popular. É muita coisa para compreender de uma vez só, então paro de pensar nisto, porque vou ter tempo de sobra para entender aos poucos. Além do mais, nunca sei o quanto vai durar. Posso ter de me mudar na próxima semana, assim que meu pai voltar. Não vou me preocupar. Deixa rolar.

— Tá bom, vai — digo.

— O quê? Posso então falar com ele? — Maggie pergunta só por garantia.

— Por que não? — respondo, e ela diz que assim é melhor, contente que eu tenha finalmente entendido o que é ser uma delas, uma das meninas perfeitas.

Maggie surge do depósito com um uniforme para mim. O lugar exala um odor de suor velho e caixas de papelão. Parece o cheiro do matadouro perto do nosso apartamento na cidade grande, que traz lembranças das manhãs de verão quando o calor fazia o local feder ainda mais e me dava ânsia de vômito. Tento olhar o interior do depósito, mas só vejo o brilho de luzes fluorescentes quando a porta se fecha com um estrondo atrás de Maggie.

— O uniforme deve precisar de uma lavagem, mas é melhor prová-lo para ver se cabe — ela diz, entregando o top e a minissaia.

— É, lá dentro cheira a ratos mortos — falo.

Assim como a roupa na minha mão.

Maggie ri e diz que sabe disso.

— Já fiz a Sra. Donner reclamar com o preguiçoso do faxineiro um milhão de vezes, mas ele nunca dá jeito nisso.

— Que péssimo — falo por educação. Sério, só tenho vontade de vestir esse tecido de almas de ratos mortos depois de ir para casa e lavá-lo pelo menos três vezes.

Coloco o uniforme no banco e fico olhando para ele.

— Anda logo — vocifera Miranda. Ela se aproxima dando um empurrão, enquanto chega a hora de nos apresentarmos no gramado. Olho para o uniforme, com uma das mãos apertando os lábios e a outra seguindo o contorno do M costurado no suéter.

Negro como a meia-noite.

Um distintivo negro de honra.

Um uniforme de super-herói que vai me dar poderes especiais ao vesti-lo.

As meninas estão paradas ao redor. A maioria já está pronta para o treino e espera que eu prove o uniforme. Fico incomodada diante de tantos olhos me observando tirar a roupa com que vim para a escola, empilhada aos meus pés enquanto tremo de frio só de calcinha e sutiã. Puxo o top do uniforme pela cabeça o mais depressa possível, deixando o cabelo em pé por causa da eletricidade estática. A saia fica um pouco apertada na cintura, com o elástico cortando a pele, enquanto a barra termina acima dos meus joelhos descobertos.

Meredith está com a mão na boca, sorrindo ao me ver vestida de preto.

— Está perfeita — sussurra. As garotas mais próximas parecem concordar e inclinam a cabeça para ver melhor, tocando a bainha aqui e ali, me tratando como uma boneca vestida com suas roupas favoritas.

— Está um pouco pequeno — falo, puxando as alças enfiadas no sovaco e a parte que gruda na barriga.

— Não se preocupe, você vai perder peso logo, logo — diz Morgan. As sílabas saem com veneno, enquanto os olhos sobem e descem, indo da perna ao busto, destacando os lugares onde não sou tão magra quanto todas elas.

Cruzo os braços para me esconder do olhar de Morgan. Não consigo parar de pensar nas costelas aparentes das meninas que notei enquanto trocavam de roupa. Esse uniforme pequeno faz com que me sinta gorda. Sei que é uma ideia ridícula, se parar para pensar. Meu pai vive insistindo que não como direito, estou sempre abaixo da média quando vou ao médico. Mas saber disso não me impede de odiar meu corpo enquanto sou observada num vestiário empoeirado por um exército de reluzentes olhos azuis.

Morgan abafa o riso quando vê como fiquei abalada por suas palavras. Ela pega meu pulso com dedos ossudos, puxando minha mão para longe da barriga para mostrar como sou diferente das demais meninas e como os ossos da cintura se escondem sob uma camada de pele.

Maggie para entre nós duas, pega o braço de Morgan e a afasta de mim. Livra-se dela como se espantasse um inseto com a mão. Morgan bufa de raiva e indignação, sem acreditar que Maggie tomou o meu partido, mas não diz nada, nem vai contra a líder. Fica zangada em silêncio até ir embora.

— Não ligue para ela — Maggie diz, e me examina do mesmo jeito que as outras meninas fizeram. — *Está* meio apertado — fala mais para si do que para mim. Prendo a respiração enquanto ela puxa os pontos onde o uniforme está grudado. Algo no contato de sua mão com a minha pele é diferente de todas as vezes em que eu já fui tocada, e me sinto ainda mais uma boneca do que antes. — Entretanto, a Morgan está certa. Depois de uma semana de treinos, você provavelmente vai perder uns 2,5 quilos.

— Ah — é tudo o que consigo dizer, pensando outra vez como devo parecer imperfeita aos olhos delas. Qualquer garota nota essas coisas. Maggie só pode ter percebido, porque logo garante que não tem nada a ver comigo. Diz que não preciso perder peso, que o emagrecimento acontece com todo mundo por causa do treino puxado. Eu repito o "ah", mas dessa vez com mais convicção do que antes.

— E vai começar agora, então vamos nessa — Maggie diz num tom animado, me apressando a calçar o tênis e mandando que as outras saiam do vestiário para o início do treino.

Meredith espera atrás de mim, ainda radiante ao me ver vestida igual a elas, sorrindo como uma irmã orgulhosa. Sua pele pálida reluz em um tom de rosa mais forte que o normal, escondendo as veias esverdeadas visíveis na superfície.

— Você vai se sair muito bem — diz.

O apoio é bem-vindo.

— Valeu, mas ainda não estou confiante sobre isto tudo — admito ao amarrar os cadarços. — Tipo... é que não sou como o resto de vocês... sabe o que quero dizer?

Meredith faz um olhar doce e senta ao meu lado, colocando a mão em meu ombro.

— É, eu sei — concorda. — A gente se conhece há uma eternidade, e deve ser meio difícil cair de paraquedas no grupo.

— Nunca pensei dessa forma, mas deve ser isso mesmo. Provavelmente estou nervosa e cheia de incertezas porque sou alguém de fora tentando se enturmar. — É como ser adotada por uma família. Leva tempo.

— Deve ser assim mesmo — falo. Acho que vou gostar de fazer parte dessa família se todas forem tão legais quanto ela.

Meredith se levanta, oferece a mão e me conduz à saída.

— Você vai ver — diz ao abrir a porta. A luz forte do sol bate nos olhos. — Vai estar enturmada antes que perceba.

O brilho do sol faz Meredith sumir à minha frente. Acho que é assim que deve ser. Somos como o tom saturado do sol da tarde que apaga todas as cores até a gente não saber diferenciar o amarelo do branco, ou o azul do verde. A equipe, distribuída em quatro fileiras, se confunde à minha frente de maneira que não diferencio Meredith da Miranda, ou Maggie da Morgan. Eu costumava ter medo de me perder desse jeito mas, agora que entendo melhor a situação, acho que me sentirei segura em sumir no entorno. Vai ser bom ter uma família, para variar.

ONZE

Minha primeira lembrança de ter visto o mar é de quando eu tinha 5 anos. Já havia visto antes, mas não me lembrava. Meu pai sempre me conta que ele e a minha mãe costumavam me levar a Coney Island quando eu era bem pequena, e eu corria pela areia de braços abertos como uma gaivota, fingindo voar. Não lembro nada disso, mas me recordo quando fomos à praia em Virgínia no verão antes de eu entrar para o jardim de infância.

Não sei se foi pelo fato de estarmos em um lugar estranho, ou por eu finalmente ter idade para lembrar as coisas, mas jamais vou me esquecer de ter encarado o mar. Ele parecia infinito e voraz, não era a mesma coisa ao ser visto do Brooklyn. As ondas eram como várias línguas querendo engolir o mundo.

O treino para animar uma torcida é igual ao mar, cada garota é como uma onda rolando sobre a outra, lutando para ser a primeira a chegar à praia, passando e arrastando as demais. As expressões em olhos tão intensos, vorazes e azuis como a água que tentava pegar meus dedos enfiados na areia. E as meninas jamais se cansam, da mesma forma que as ondas nunca paravam de vir em minha direção, querendo lamber a pele com línguas compridas feitas de água. Cercada por elas, me sinto tão indefesa como na ocasião em que vi o mar, esperando ser levada pela correnteza.

Tive dificuldade de acompanhar o ritmo depois dos primeiros dez minutos. A energia das outras garotas é inacreditável. Não consigo imaginar onde a escondem em corpos tão magros. Uma força sem limite como a quantidade de ondas no mar. Só eu ficava curvada tentando recuperar o fôlego. Morgan fazia questão que todo mundo notasse cada vez que eu levantava a mão pedindo um tempo.

Depois, a caminho do vestiário, ouvi algumas das meninas perguntando para Maggie se eu realmente me encaixo. Elas não têm certeza se levo jeito e se tomaram a decisão correta em me chamar para o grupo.

— Viu como ela estava? Nunca vai conseguir sobreviver — diz uma menina chamada Mandy.

— A gente devia se livrar dela agora — fala Morgan.

— Shh! Ela vai escutar a gente — Mandy alerta, mas Morgan diz que não se importa.

— Eu me importo — diz Maggie com uma autoridade que cala as demais. — Não quero ouvir ninguém falando de outra integrante da equipe desse jeito.

— Ela ainda não faz parte de fato — dispara Morgan em tom de desafio.

— Vai fazer — Maggie rosna. É inevitável olhar pelo ombro para ver como ela controla Morgan com uma expressão furiosa. E mesmo que seja legal que Maggie tome o meu partido, fico triste porque sei que é verdade. Ainda preciso provar meu valor. Imagino quanto tempo isso irá levar e se terei forças para seguir até o fim, ou se vou desistir como sempre faço quando a barra pesa.

Morgan passa por mim no vestiário com um falso sorriso.

— Como vai a cabeça? — diz, esfregando o próprio crânio no ponto onde bati o meu contra os armários quando caí no chão no outro dia.

— Vai bem — respondo entre dentes. Ela vai embora rindo da mesma forma que as bruxas gargalham para a lua em filmes de horror.

Todos os músculos doloridos e as distensões vão valer a pena só para irritar Morgan. Não importa a barra pesada, eu não vou desistir, nem que seja para aborrecê-la com minha presença.

Termino de me vestir, mas não enfio o uniforme na mochila. Levo debaixo do braço, porque não quero que deixe o resto das minhas coisas fedendo. O cheiro de ratos mortos só fez aumentar na última hora. Acrescente o meu próprio suor e o uniforme virou tóxico. A mochila ia feder para sempre se eu enfiasse a roupa lá. Eu sentiria o mau cheiro toda vez que abrisse para pegar alguma coisa, então é melhor encarar ao ar livre durante a curta caminhada até a casa. Faz sentido sofrer um pouco agora para evitar um sofrimento maior depois.

Ao sair, me despeço de Meredith, que pergunta se quero ir com ela à lanchonete, acompanhada de algumas das outras meninas. Prefiro não ir porque estou muito cansada e, ainda por cima, sem dinheiro.

— Deixa pra amanhã? — digo, e ela parece contente com a resposta.

— Claro, beleza — Meredith fala. — A gente se vê.

Saio correndo do vestiário para os corredores vazios que estão ficando escuros. Quero fugir de lá antes que esbarre em alguém que tente me convencer a ir com elas, e assim acabe passando horas sentada fofocando. Não tenho pique para isso e nem para inventar desculpas, então evito todo mundo ao usar a porta de trás, saindo para a segurança do crepúsculo.

O vento frio é um alívio, faz o suor secar e deixa a pele salgada. Mal posso esperar para chegar em casa e tomar um banho quente. Ando o mais depressa que as pernas permitem, pois os músculos ardem a cada passo que dou. Sonho com a banheira da mesma forma que um nômade no deserto visualiza um oásis. Os azulejos manchados de ferrugem são como a promessa de presentes na manhã de Natal.

O sonho acaba e vai embora no momento em que vejo Greg encostado do lado de fora do vestiário masculino. Enganada pela passagem das nuvens, a lâmpada de segurança acima de sua cabeça liga acreditando que já é noite. A luz branca o deixa fantasmagórico, embranquecendo a pele como uma fotografia superexposta. Só consigo ver seus olhos, eletrizantes como os de uma menina, com um brilho assustador que me atrai.

Passo os dedos no cabelo para deixá-lo atraente de alguma forma, mesmo desarrumado. Ele sorri para mim, sai da parede e começa a andar na minha direção. Tiro a mochila do ombro e enfio o uniforme bem no fundo. Prefiro sofrer depois, pois este momento tem que ser perfeito. Afinal de contas, a mochila pode ser lavada.

— Ei — ele fala ao parar na minha frente.

Paro também, dizendo o "oi" mais tímido que já falei na vida. Nunca levei muito jeito para azarar os garotos, pelo menos os que me atraem. Consigo flertar numa boa com aqueles que não me interessam ou com os esquisitos que sempre se apaixonam por mim, como Lukas. Não há pressão porque realmente não estou muito preocupada com o resultado. Mas se é um garoto de quem estou secretamente a fim, acabo ficando parada com as mãos atrás das costas e olhando para todos os lados, menos para ele.

Mas Greg também não leva muito jeito.

Vejo de cara. Fica batendo com o pé contra o asfalto do estacionamento. As mãos se alternam entre os bolsos do casaco e do jeans, e ele também olha para todos os lados, menos para mim.

— Você vai à lanchonete com o resto da galera? — Observa as figuras do outro lado do estacionamento indo em direção ao centro da cidade. Isso me dá coragem para olhar para ele enquanto não me vê.

— Não sei — respondo. — Não estou muito a fim.

— Ah, beleza — ele fala, dando de ombros e tudo mais, porém não consegue disfarçar a decepção. É óbvio que estava me esperando na saída da escola. Provavelmente planejou tudo desde o almoço, pensando que me acompanharia à lanchonete, sentaríamos juntos para conversar e nos apaixonaríamos. Mas agora estraguei seu devaneio.

— Então acompanho você até a sua casa — diz como se fosse uma ordem, arregalando os olhos de tal forma que me impede de negar. Não sei dizer por quê, mas até que gosto da sensação de não conseguir resistir a ele. Há algo empolgante no jeito com que ele fala. E, além disso, acho que queremos a mesma coisa.

— Sério?

— Sério.

— Tudo bem. — Sinto o estômago revirar ao pensar em ficar sozinha com ele na entrada da garagem. Mordo o lábio para reprimir um riso nervoso e começo a andar em direção à minha casa, tocando de leve o braço no dele de propósito para sentir o breve contato do tecido das mangas.

Alguns dos jogadores passam por nós a caminho da lanchonete, apontando e rindo. Ouço sussurrarem que Greg finalmente conseguiu uma garota. E fico contente que ele não dê atenção aos colegas, não pare para tirar onda ou banque o durão, e sim que apenas mantenha o mesmo passo até a gente deixar os caras para trás.

Não falamos pelos primeiros quarteirões, pelo menos não para valer. Ele faz perguntas normais sobre meu primeiro treino, e dou respostas curtas. Ok. Legal. Coisas assim. Então Greg finge que tosse antes de perguntar se tenho namorado.

Balanço a cabeça.

Olho para os pés ao andar porque não quero encará-lo e dar pinta de que estou nervosa, querendo um namorado.

— E aquele garoto que está sempre com você no almoço?

— O Lukas? — Finjo surpresa para esconder a empolgação de saber que Greg vem me observando no refeitório a ponto de saber com quem sento. — Não é meu namorado, só um amigo. E, no momento, nem é um dos melhores — digo, pensando em como Lukas reagiria ao ver que estou acompanhada por um dos zumbis de Maplecrest.

— Sinto muito — Greg diz, baixando a cabeça para mostrar que é sincero.

— Tranquilo. Estou começando a achar que nem é tão ruim assim — e também que Lukas não bate bem da cabeça. Agora que conheço alguns dos colegas contra os quais ele vivia me alertando, percebo como estava errado. São pessoas tão normais quanto em qualquer outro lugar, e talvez estejam certas em chamar Lukas de esquisito. Vai ver que ele é apenas um daqueles meninos vítimas de valentões que um dia enlouquecem e saem atirando em todo mundo.

Tiro a ideia da cabeça.

Não gosto de pensar assim de Lukas, é injustiça.

— O que acha da cidade, afinal? — Greg pergunta, tentando mudar de assunto e dando uns passos maiores para chutar uma pilha de folhas no meio-fio.

— É legal, sei lá — minto, embora esteja se tornando verdade a cada sorriso amigável que ele me dá.

— Por que se mudou pra cá? Tem família ou algo assim?

A pergunta me faz rir, não porque seja engraçada, mas porque não podia ser mais longe da verdade.

— Não temos família em lugar algum. Nenhum tio, tia, primos ou avós. Só eu e meu pai. — Isso também provoca riso, embora não seja uma risada legal porque nem meu pai está aqui comigo. Sou só eu mesma, praticamente uma órfã até a semana que vem.

— Se ficar aqui por muito tempo, vai ter mais família do que gostaria — Greg brinca, dizendo que essa é uma das desvantagens de morar em uma cidade pequena. — Mas acho que é legal, também. A gente cuida uns dos outros, se protege, sabe?

— Como um time.

— É, como um time. — Ele sorri, contente que eu tenha realmente entendido o que ele quis dizer.

Dou um passo em sua direção com uma vontade repentina de ser protegida e fazer parte do mesmo time que ele. A pele de Greg parece com uma escultura delicada nas primeiras sombras da noite, perfeitamente lisa exceto pelos lábios rosa, que se abrem em um sorriso quando ele para na minha frente. Estico os braços e coloco as mãos em seu peito. Sinto como é forte quando ele passa os braços por mim e me levanta. Toco de leve com os lábios em seu queixo.

A lua surge no céu quando ficamos abraçados perto da minha casa. Minha boca molha seus lábios secos com um beijo que não quero que acabe jamais, que dure para sempre como as ondas do mar das minhas memórias no litoral de Virgínia.

Uma hora depois de Greg voltar para a cidade, ainda sonho acordada com ele. Abraço um travesseiro, deitada no sofá, imaginando beijá-lo sem parar, de olhos fechados como se estivesse sonhando. O beijo de Greg é inesquecível, permanece comigo enquanto a noite avança. É como se uma parte de mim tivesse sido engolida e se transformado dentro dele. É uma sensação diferente, como se várias estrelinhas explodissem debaixo da minha pele, provocando formigamento com suas faíscas.

Meu pai fala que este é outro aspecto da síndrome de menina adolescente. Toda semana, pelos últimos quatro anos, ele diz que apresento os "sintomas de uma paixonite aguda" cada vez que conto que aconteceu algo mágico entre mim e um menino. Fico furiosa porque ele nunca leva a sério. Mas, por outro lado, já tive amigas cujos pais levavam a sério até demais, e acho que tenho sorte que aconteça o oposto comigo. Porém, fico irritada porque ele nunca acredita no amor de verdade e que na maioria das vezes esteja certo ao dizer que é uma fase passageira.

Sobre Greg, no entanto, meu pai estaria errado. Tenho certeza disso, apesar de conhecê-lo há apenas um dia. Aperto ainda mais o travesseiro, até espremer todo o enchimento, e então relaxo os braços. Abro os olhos e vejo o relógio me encarando. Sei que tenho de levantar e preparar algo para comer. Não posso ignorar os deveres de casa. Preciso lavar aquele uniforme antes que dê mofo, e o banho que me prometi tomar ainda espera por mim. Mas sei que o corpo inteiro vai doer se eu me levantar. E a sensação dos braços de Greg irá embora, me deixando sozinha de verdade.

Finalmente saio do sofá quando escuto de novo barulhos lá fora. Um ruído de alguém cambaleando nas folhas mortas sobre o chão gelado. Olho para o teto, mas não vejo a luz de faróis de carro pela sala. Não fico tão assustada quanto ontem. Mesmo que seja gente à procura do meu pai, não estou tão preocupada porque tenho quem me proteja. Faço parte de um time agora.

Lembro do treino ao sentir uma pontada de dor por toda a coluna quando me levanto depressa do sofá. Tento ignorá-la ao máximo e andar até a porta, com coragem e determinação, porque não vou fugir, não importa quem seja. Chega de se esconder e ficar assustada. Escancaro a porta, encarando a escuridão, enfrentando o vento que bate em mim e tenta minar minha confiança.

Esbarro num par de olhos vidrados na entrada.

— É você. — Minha voz assume um tom entre alívio e ódio ao ver Lukas todo encolhido na varanda. — Nunca lhe disseram para não espreitar a casa de uma garota e matá-la de susto? — interrogo, exagerando o medo que de fato estava sentindo.

— Foi mal — murmura com a mais completa falta de sinceridade.

Sinto a porta tremer na mão e estou prestes a fechá-la. Depois do jeito que se comportou o dia inteiro, é inacreditável que tenha a cara de pau de ficar espreitando e dê a entender que a culpa é minha. Todo deprimido como se fosse eu quem tivesse de pedir desculpas!

— O que você quer, Lukas?

Seu corpo comprido assume a forma de um ponto de interrogação ao curvar as costas e dar de ombros.

— Nada demais — diz, ao chutar algumas folhas perdidas, levadas pelo vento até os degraus da varanda. Enfia as mãos nos bolsos e olha para a lâmpada. — Só vim ver se estava bem.

— Estou bem — falo de um jeito que entenda que, apesar de eu estar bem, é ele que tem algo de errado. — Não preciso que me proteja — tento ser grossa de propósito, porque começo a achar que era Lukas quem esteve espreitando ontem também. Creio que ele seja o único motivo para eu precisar de proteção nesta cidade.

— Já está acontecendo — diz baixinho.

— O que isso quer dizer?

Ajeita o corpo, finalmente olha nos meus olhos e fala claramente pela primeira vez.

— Quer dizer que não vai demorar muito até você deixar de ser quem é.

— Você nem sabe quem eu sou! — Levanto a voz porque não quero passar por isso de novo. Já chega de ouvi-lo dizer quem devo ou não devo ser.

— Não entendeu ainda? — grita de volta. — Já vi isso acontecer antes. Você vai se deixar levar pela popularidade e nem vai notar quando acontecer. E então será tarde demais, pois já será uma delas.

— É, pode ser, mas talvez isso não seja algo assim tão ruim. — Digo que está com inveja só porque estou me enturmando. — Só está com raiva porque não quero ser uma esquisita como você.

Ele avança e pega meu braço antes que eu feche a porta, com o olhar transtornado e cuspindo as palavras.

— Hannah, você vai morrer! Vai se alimentar de corpos que nem larvas! É isso o que você quer? Vale a pena ser popular desse jeito? — Grita tão alto que meus ouvidos doem.

— Se isso fosse verdade, você já estaria morto — berro. — Já teriam matado você há muito tempo por ser tão esquisito!

— E você acha que não vão me matar? — grita, apertando meus pulsos com mais força para que eu não solte as mãos e bata a porta. — Acredita que não vão me matar assim que tiverem certeza de que você não vai suspeitar?

Berro pedindo que pare, que me solte e me deixe em paz.

Mas ele só me segura com mais força. Aumenta o volume dos gritos, como se fosse me convencer se eu não ouvisse mais nada no mundo. Continua gritando quando o carro se aproxima. E ainda tento me soltar quando o veículo para na entrada da garagem. Lukas não percebe o barulho do motor e o som da porta se abrindo, nem os passos rápidos correndo até a varanda.

Um braço se enrosca no pescoço de Lukas, interrompendo as palavras com um som repentino de estrangulamento. Ele me solta e agarra o braço que interrompeu o fluxo de ar para seus pulmões, tentando respirar. O xerife aplica mais pressão e arrasta Lukas por uma curta distância. Ele para de lutar assim que é jogado no chão como se fosse um saco de lixo.

Cubro a boca ao ver o xerife em cima do Lukas com os braços cruzados e as botas prontas para chutá-lo caso ele ouse se mexer. Não sei se devo correr para ajudar Lukas ou abraçar o pai de Maggie por ter me resgatado. Então fico parada, confusa e me sentindo imprestável.

— Você está bem? — pergunta o xerife com a voz baixa. Seu rosto está dividido ao meio, com metade escondida nas sombras enquanto a outra parte é iluminada pela luz elétrica da varanda.

— Sim — digo com a palma das mãos na boca. Mas tudo aconteceu tão rápido e meu coração bate tão depressa que não sei ao certo se estou bem ou não.

Mas, de qualquer forma, o xerife não parece muito interessado na resposta, voltando sua atenção para Lukas, inclinando o corpo para que ele sinta o calor de suas palavras.

— Que valentão, hein? — debocha. Lukas cospe no chão ao tentar recuperar o fôlego com dificuldade.

— Não machuca ele — grito, e os dois olham para mim, tão surpresos quanto eu quando acrescento "por favor".

O xerife se afasta e Lukas se esforça para ficar de pé. O medo em seus olhos me perturba. Mesmo com todos os motivos do mundo para jamais querer vê-lo de novo, é inevitável sentir pena dele quando vai embora. Lukas aumenta o passo ao ouvir o xerife gritar um aviso para que não volte. O som de seus pés correndo mais depressa ecoa pelas casas vazias ao passar por elas, até entrar na floresta que serve de atalho para a sua casa.

— Algo tem de ser feito a respeito desse garoto. Ele sempre criou problemas — diz o xerife. Não sei por quê, mas o tom de sua voz me dá arrepios ao pensar o que quer dizer com *algo*. Fico preocupada que signifique uma coisa pior do que possa imaginar, então digo que a situação toda foi bobagem. O xerife levanta uma sobrancelha e diz que não parecia ter sido uma bobagem, fazendo um discurso sobre garotas que protegem namorados que batem nelas.

Deixo claro que Lukas não é meu namorado e nem estava tentando me machucar.

— Se você diz — fala de um jeito típico da polícia. Mesmo sendo pai da Maggie, ainda assim é um policial antes de qualquer outra coisa. Não confio nele, e menos ainda quando começa a perguntar de novo sobre meu pai, tentando olhar para a casa por cima do meu ombro.

— Ele não está — digo num tom que parece suspeito. — Trabalha até tarde — tento consertar, mas só pioro a situação porque soa ainda mais suspeito que antes.

O xerife coloca as mãos na cintura.

— Bem, nesse caso, sinta-se à vontade para ligar caso aquele menino volte aqui para incomodá-la.

— Ele não vai voltar, mas pode deixar que eu ligo. — Agradeço e começo a fechar a porta. O xerife anda até o carro e para, batendo na testa como os velhos fazem na televisão quando se lembram de algo. Vira para mim, diz que ia se esquecendo e dá parabéns por me tornar uma animadora de torcida. Fala que somos o orgulho da cidade junto com o time. Sorrio e agradeço de novo, embora não tenha ficado contente. Tem algo nele que não bate bem. E, assim que o xerife vai embora, começo a imaginar por que estava passando por acaso pela minha rua. Qual o seu interesse em mim e no meu pai? Fico me perguntando por que mencionou meu nome para a filha naquele dia, e qual o motivo de estar na casa de Diana com a mala do carro cheia de placas de VENDE-SE? Por que parece odiar tanto Lukas?

Nada disso faz sentido.

Não sei por quê, mas não gosto dele.

Da próxima vez que meu pai ligar, vou falar sobre o xerife e pedir que volte correndo para casa.

DOZE

Estou ficando mais forte. Depois de apenas três treinos, não preciso parar mais do que uma ou duas vezes para recuperar o fôlego. Também estou aprendendo a coreografia. A Sra. Donner diz que meu progresso é rápido e que está contente que tenha reconsiderado a minha participação na equipe a pedido de Maggie. A professora me chamou de *perfeita* e seria mentira dizer que não foi superimportante ter ouvido isso.

Não que animar torcida tenha virado o foco da minha vida. Mas é legal que finalmente eu tenha me destacado em algo que todo mundo considera especial. É bacana ser aceita. Percebi que as pessoas me tratam de uma forma diferente desde que comecei a andar com Meredith e Maggie, ou mesmo o Greg. E não são apenas os colegas da escola: até na cidade todo mundo está sendo mais gentil comigo.

Sei que me irritava ao ver uma menina ter esse tipo de tratamento especial só porque fazia parte da panelinha, mas, de alguma forma, a situação é diferente quando acontece comigo.

Meu pai faria uma careta se eu dissesse isso para ele. Ficaria com a testa franzida, sua expressão de quando não concorda comigo, e, com o tom de decepção que me fazia chorar quando era menor, diria para eu não ser hipócrita. Mas como ele não está aqui para dizer isso, não ligo para o que poderia pensar.

— Oi? Você está me ouvindo?

Afasto os pensamentos e olho para Meredith. Ela passa o braço pelo meu e andamos pelo corredor vazio. A luz branca das lâmpadas fluorescentes é refletida pelo desenho dos ladrilhos baratos, fazendo com que brilhem como tijolos dourados — para dizer a verdade, a impressão que dá é exatamente essa. Parece que estou em um mundo diferente nos últimos dias. Em um mundo melhor.

— Foi mal — digo, dando uma risada para afastar os devaneios. — Estou ouvindo agora.

Meredith dá um sorrisinho e aperta os olhos. Está ficando acostumada a me ver aérea.

— Eu *perguntei* se está gostando de ser uma de nós, alguém popular no meio desses manés todos, sabe?

— Acho que sim — respondo devagar, como se ainda estivesse pensando no assunto, mesmo depois de ter me decidido há três dias. Então solto o riso para deixar claro que o "acho" foi uma completa mentira.

— Ninguém está incomodando você, né?

Balanço a cabeça e falo que até os professores estão sendo legais comigo. Meredith diz que isso faz parte do lance, uma das razões por que todo mundo quer ser igual a elas.

— Há quanto tempo você está na equipe? — pergunto.

— Uma eternidade — exagera. — Nem me lembro como eu era antes.

Sorrio. Queria poder esquecer muitas coisas que aconteceram no passado.

— Vamos nessa — diz Meredith.

O resto das meninas já está na lanchonete à nossa espera. Greg vai ficar mais um pouco na escola hoje, com o resto do time de futebol americano. Ele me disse que é dia de musculação. Não imagino ter forças para malhar depois de um treino, mas deve ser por isso que eles são os melhores em campo.

Meredith solta o meu braço e nota que olho para a porta do vestiário masculino.

— Pensando no gatinho? — ela brinca.

— Um pouquinho — confesso. É melhor do que dizer a verdade, que não parei de pensar nele desde que a gente se beijou há duas noites. Mas Meredith percebe de qualquer forma. O sorriso me entrega, não importa o que eu diga.

Começamos a rir quando saímos pela porta para o crepúsculo e suas cores suaves, refletidas pelos carros no estacionamento como se fossem luzes de Natal. Quando o vento nos alcança, Meredith repete pela décima vez que Greg e eu fomos feitos um para o outro. Se eu mesma não acreditasse, acharia que era uma espécie de casamento arranjado pela forma como nossos amigos ficam nos empurrando um para o outro. Mas se for eu agradeço, porque nunca um cara tão perfeito esteve assim tão louco por mim antes.

— Ele vai passar na lanchonete mais tarde com os outros? — Meredith pergunta.

Balanço a cabeça.

Meredith arregala os olhos, surpresa, porque é assim que as coisas acontecem. Os garotos passam na lanchonete assim que param de malhar. Essas são as regras, mas Greg e eu decidimos quebrá-las um pouquinho.

— Não — digo. — Eu vou passar na casa dele quando o Greg acabar de malhar.

Mordo o lábio para não mostrar como estou nervosa e empolgada. Observo Meredith de rabo de olho, deixando que o vento jogue meu cabelo no rosto para que ela não o veja. Mas percebo sua expressão, a faísca de eletricidade nos olhos, o sorriso voraz que exibe os dentes. E talvez seja apenas a mistura do sol do cair da tarde com o brilho do neon da lanchonete, mas algo perigoso surge no rosto dela, e vai embora tão depressa quanto apareceu. Tão rápido que é como se fosse uma coisa que eu não deveria ter visto. Sinto um aperto no estômago, daqueles que dão na gente em um trem-fantasma. Uma sensação de pânico que sempre tenho quando quero mudar de ideia sobre uma decisão. Não tenho mais certeza se ir à casa de Greg é uma boa ideia.

Mas isso é loucura.

Sei que é loucura.

Afasto o cabelo dos olhos e me viro para encará-la. Tudo está normal, seu sorriso é amigável como de costume. Sei que devo tê-la visto em um momento entre uma expressão e outra, sensação que sempre acontece quando estou nervosa.

— Ah, olha, elas já pegaram a mesa boa — diz Meredith assim que entramos e vemos o resto das meninas sentadas no fundo, na mesa circular. Elas acenam e abrem espaço para a gente enquanto andamos até lá.

Olho para o relógio atrás do balcão.

Tenho 1h 15 até ir para a casa de Greg.

Ouço as fofocas sobre os professores, os jogadores e os alunos que elas vão odiar pelos próximos dias. Contribuo com uma risada ocasional ou um "sim" apenas para mostrar que concordo com tudo o que estão dizendo. Mas, na verdade, só presto atenção ao relógio. Olho para ele a cada dois minutos, torcendo para ter uma noite digna de Cinderela.

Ao subir a entrada da garagem, vejo que todas as janelas da casa de Greg estão acesas. Não parece uma casa em que alguém more de verdade, e sim algo saído de um quadro antigo. Tem janelas grandes e cortinas combinando, amarradas com perfeição, e uma varanda curva com duas cadeiras de balanço que se mexem suavemente ao vento, como se crianças fantasmas estivessem sentadas. A chaminé exala fumaça que contrasta com a lua brilhante.

É uma imagem perfeita.

Exatamente o oposto de todas as casas em que morei.

Arrasto os pés pela varanda, e minha sombra se alonga quando entro na claridade quente que sai da porta e recai sobre o chão frio.

Tudo parece tão quieto que parte de mim quer virar e ir embora. Até meus passos silenciosos parecem uma invasão. Nunca soube como proceder diante de pessoas perfeitas. Mal sei me comportar diante de um cara que eu gosto, quanto mais de seus pais. Tenho medo de que me odeiem e façam com que ele me odeie também. Então fico parada na varanda com a porta a centímetros de distância, entre o vento frio batendo nas costas e a luz quente que sai da janela sobre a minha cabeça.

Ouço a voz de Greg do outro lado da porta, gritando do alto da escada. As palavras se confundem com a barulheira que vem da cozinha. O ruído de louça, garfos e água corrente, e de passos no piso de cerâmica. Os sons são iguais aos da minha casa, então eu começo a relaxar. Levanto a mão e bato na porta.

— Já atendi — Greg grita enquanto desce a escada com passos pesados, tão depressa quanto as batidas do meu coração. Abre a porta num movimento rápido, deixando sair o cheiro de comida. Então vejo seus olhos iguais a neve caindo à meia-noite. Olhos como a lua cheia, que me deixam mole quando encontram os meus.

— Oi — falo quase como um sussurro.

— Ei — ele fala normalmente. — Entra. — E quando Greg abre caminho e toca no meu ombro, tenho certeza de que fiz tempestade em copo d'água.

O nervosismo é culpa de Meredith e das outras garotas. Elas não paravam de falar sobre nós o tempo todo na lanchonete, dando a entender que esta noite seria um grande teste para o nosso relacionamento. Pelo menos foi o que Morgan fez ao deixar claro que tinha certeza do meu fracasso, provocando-me ao dizer que eu falaria algo errado, que Greg estaria observando tudo o que eu fizesse na frente de seus pais, e que ele daria um pé na minha bunda por qualquer errinho.

Sabia que era sacanagem dela. Só queria me deixar nervosa a ponto de passar vergonha. Mesmo tendo noção disso, só consigo respirar mais aliviada quando vejo o sorriso de Greg pela primeira vez.

— Chegou na hora certa — ele diz. — Acabei de comer.

Tento pensar em alguma gracinha para dizer. Um comentário divertido sobre a minha habitual pontualidade, mas nenhum pensamento parece engraçado, então apenas concordo com a cabeça e sorrio.

— Quem é? — a mãe de Greg chama da cozinha. — Quem está aí? — A cabeça aparece na porta antes que o filho responda. Ela é bonita e não parece velha o suficiente para ser sua mãe. Ou vai ver que tem idade mesmo, mas não aparenta ser como as mães de outros amigos que tive. Usa o cabelo bem preso em um rabo de cavalo, mas mesmo com uma olhada rápida noto a quem Greg puxou com seu cabelo louro ondulado. Eles têm os mesmos olhos também, o que me faz gostar de sua mãe imediatamente.

— Essa é a Hannah — diz Greg de uma maneira familiar que me faz sorrir, porque dá a impressão de que já mencionou o meu nome para ela várias vezes.

— Oi — respondo, me esforçando para não acenar como uma menininha tímida. — Prazer em conhecê-la. — A mãe de Greg sorri com educação e diz o mesmo, antes de desaparecer.

Greg revira os olhos e pede desculpas por ela.

— Foi mal, minha mãe está fazendo um assado ou algo assim pra amanhã. — Faz um gesto de quem não sabe e pouco se importa.

— Tudo bem, eu não vim aqui para ver sua mãe — digo ao pegar na mão de Greg, apertando seus dedos entre os meus. A sensação de nossa pele se tocando me faz perder o fôlego por um segundo.

— Vamos lá pra cima — Greg diz, apontando a escada com a cabeça e me puxando um pouco naquela direção.

— Vamos — digo.

Sou levada pela mão, virando a cabeça para a parede onde estão as fotografias e quadros que contam a vida de Greg. As fotos mais velhas ficam no pé da escada e as mais novas no topo. Acompanho seu crescimento em uma velocidade estonteante, com as imagens passando como as páginas de um bloquinho de animação até chegarmos ao fim dos degraus.

O quarto de Greg fica bem perto da escada. Ele para ao lado da porta aberta para que eu entre na frente. Não é a primeira vez que venho ao quarto de um garoto. Nem a segunda ou terceira, ou sei lá que vez é esta. Mas, ainda assim, é sempre como se fosse a primeira. Tem alguma coisa de diferente no quarto dos rapazes. As cores, a disposição dos móveis, as coisas jogadas. Leva um tempo para uma menina se acostumar. É como entrar no banheiro masculino por engano. Sempre leva um minuto para sacar onde você está e para que servem aquelas coisas na parede.

— Notei que você não arrumou o quarto por minha causa — falo enquanto os olhos percorrem as várias pilhas de livros, papéis e roupas em cada canto. Greg ri, dizendo que queria que eu visse o seu lado verdadeiro. Também dou risada e falo que meu quarto não é muito melhor.

— Senta. Se quiser, quero dizer — sugere.

Baixo o olhar em sua direção e levanto as sobrancelhas, pois o único lugar disponível para sentar é a cama. Por mim, tudo bem, só quero que fique claro que sei identificar um truque.

Mas acho que ele tem noção disso.

Não é truque. Ele sabe muito bem o que está tentando fazer. Isso deveria me deixar irritada, mas até gosto que não esteja fazendo joguinhos. Greg não é como alguns dos garotos de quem eu já estive a fim, cheios de rodeios, fingindo inocência quando ambos sabíamos o que o cara queria.

Greg senta na beirada da cama e coloca a mão ao lado, como um convite para mim. Seus olhos me atraem e fico surpresa com a facilidade com que ele me convence. Abro os braços como um pássaro e caio de costas no colchão. Então meus dedos procuram os dele até ficarmos de mãos dadas novamente.

Começamos a rir e ficamos à vontade pela primeira vez desde que entrei, como se estivéssemos sozinhos e fossemos as únicas pessoas no mundo.

— Diz a verdade, sou a única garota que esteve na sua cama? — pergunto meio de brincadeira e meio curiosa. Eu até sei a resposta, porque as meninas me contaram tudo sobre Greg, que sou a primeira garota de quem ele fica a fim há séculos. Mas isso não quer dizer nada, não mesmo. Pode haver uma namorada secreta de quem ninguém saiba. E quando sua negativa sai tímida, sei que existe alguém e fico alerta.

— Quem é? — pergunto sem ciúmes. Estou mais empolgada do que ciumenta, porque descobri algo que As Louras não sabem. Acho que tomei o gosto por fofoca desde que passei a andar com elas.

— Uma garota aí — Greg diz. — Mas não fomos feitos um pro outro, sabe. Além disso, ela não morou aqui por muito tempo.

— Ah — digo. Uma outra qualquer que veio e foi embora não é interessante, não aqui neste lugar. E, depois de satisfeita a curiosidade, pinta o ciúme. — Ela era mais bonita do que eu?

— Não chega nem perto — ele fala. Não me importo se é verdade ou não, apenas fico feliz que tenha dito.

Ele toca nos pelinhos macios da minha nuca, se aproximando e pressionando o corpo contra o meu. Estou pronta para beijá-lo quando noto a mancha nas costas de sua camiseta. Uma corrente de pontinhos como um arquipélago em um mapa, todos vermelhos.

Greg acompanha meu olhar e se afasta quando percebe que vejo o sangue atrás do seu ombro.

— Não é nada demais — ele diz antes que eu tenha chance de perguntar. — Não se preocupe, não é meu — conta que isso acontece o tempo todo no treino. Um dos rapazes saiu meio ralado. Fico surpresa com sua casualidade em relação à violência e, ainda assim, a gentileza que demonstra comigo.

— Ele está bem?

— Sim, está legal — Greg diz ao se levantar. Tira a camiseta manchada pela cabeça e joga no chão. Nunca vi um garoto tirar a roupa na minha frente e não consigo parar de olhar. Posso ver todos os músculos das costas e peito enquanto ele se dobra para pegar outra blusa. Imagino como seria fácil para ele me abraçar e fazer com que eu sumisse. É tão assustador e, ao mesmo tempo, empolgante que também me levanto. Vou para o outro lado da cama enquanto ele veste a camiseta sobre a pele branca como um fantasma.

Passo o dedo pelo tampo de sua mesa, afastando canetas, lápis e o que mais estiver pelo caminho. Mal presto atenção nos objetos, apenas quero evitar olhar para Greg até o coração desacelerar.

Ele dá a volta na cama e vem em minha direção. Tomo fôlego, vendo seu reflexo em um aquário colocado na ponta de uma estante. Aponto para o aquário antes que Greg tenha chance de dizer alguma coisa.

— Não tem uma cobra lá dentro, tem? — exijo saber.

— Não, é só um gafanhoto — diz, rindo ao ver a expressão de nojo que fiz ao pensar que mantinha uma cobra perto da cama.

— *Por que* alguém teria um gafanhoto num aquário? — pergunto confusa, porém aliviada.

— Não é qualquer gafanhoto — Greg diz. — Aquele ali está invicto há dez lutas.

— Gafanhotos lutadores? — Franzo a testa e aumento a voz para que fique claro que não tenho a mínima ideia do que está falando.

— Você nunca colocou gafanhotos para brigar? — pergunta e arregala os olhos, surpreso ao me ver balançando a cabeça. Então me explica como funciona: tem de segurar um gafanhoto em cada mão e aproximar suas cabeças. Ele diz que o mais forte acaba comendo a cara do outro.

— Que coisa nojenta — falo, levantando a mão para que pare de contar mais detalhes. Ele dá de ombros, dizendo que não é nada de mais, e que o pessoal do time organiza torneios toda sexta-feira antes da partida começar.

Viro de costas porque não quero mais ouvir esse assunto. É nesse momento que Greg coloca as mãos na minha cintura e diz que sente muito. Sinto as palavras na nuca e percebo que vou ceder.

Vou perdoá-lo.

Porém, mais tarde, quando a gente está de amasso na cama, fico imaginando se sou a única a pensar no assunto, ou se a cabeça de Greg também está ocupada com a imagem dos gafanhotos comendo a cara um do outro. E, se for o caso, será que isso o assusta tanto quanto a mim?

TREZE

Após uma semana como animadora de torcida, o drama à minha volta foi embora tão depressa quanto surgiu. Não há mais rumores sobre mim circulando pelos corredores. Ninguém evita falar comigo nas aulas. Até mesmo Morgan e Miranda deixaram de ser minhas inimigas. Não diria que são minhas melhores amigas ou coisa do gênero, mas também creio que não me odeiam.

A única pessoa que parece me odiar agora é Lukas.

Não fala comigo desde aquela noite lá em casa quando o xerife o escorraçou. Tentei pedir desculpas. Disse que jurei para o xerife que ele não fez nada e que pedi que o deixasse em paz.

Lukas falou que não precisava da minha ajuda e socou o armário ao lado do meu quando pediu para deixá-lo em paz. De onde viu a cena, Greg pensou que foi uma tentativa de me bater. Ele soube o que aconteceu na minha casa e já estava furioso com Lukas. Greg avançou como já o vi fazer contra os adversários no campo.

Cobri os olhos quando o corpo magricelo de Lukas foi dobrado e retorcido, igualzinho aos dos jogadores machucados durante aquele jogo que ele me levou para ver. Gritei quando o ouvi cair com violência no chão, pedindo aos berros para Greg sair de cima dele. Implorei até que um professor veio depressa para o corredor e os separou. Como Lukas é um excluído e Greg é um jogador de futebol americano, foi Lukas quem acabou sendo levado para a diretoria. Pensei em ir até lá e explicar toda a situação, mas sabia que Lukas só ficaria ainda mais chateado comigo se interferisse.

Tentei ficar aborrecida com Greg, mas não consegui. Acho que agiu certo, de acordo com o que viu. Foi meio romântico, daquele jeito bruto dos jogadores. E só fiquei chateada até a hora em que me beijou ali no corredor, na frente de todo mundo. É estranho como a violência que gira em torno dele sempre é apagada quando a gente se beija.

Porém, mesmo que tenha se passado quase uma semana, ainda sofro pela situação entre mim e Lukas. Sinto que o decepcionei. Digo, fiz exatamente o que ele disse quando nos conhecemos. Entrei para a turma das Louras e virei uma das garotas populares. Agora sento ao lado delas no almoço e o observo sozinho. De tempos em tempos, percebo que me olha com a mesma expressão de ódio que usou quando me alertou para ficar longe de Maggie.

Queria apenas que ele falasse comigo para eu dizer como estava errado. Estou preocupada que Lukas enlouqueça com aqueles gibis e teorias absurdas se eu não conseguir convencê-lo. Mas acho difícil, porque tenho certeza de que nunca mais vai querer conversar comigo.

— Meu Deus, ainda não esqueceu esse garoto? — Melissa diz quando me vê olhando na direção de Lukas. — Qual o lance entre você e esse mané? Você está saindo com um dos caras mais gatos do colégio e ainda assim a vejo olhando pra ele todo dia.

— Ele não é tão ruim assim — digo. — Além disso, a Morgan também era amiga dele há tempos — acrescento à minha defesa.

Meredith ri.

— Ele disse isto?

— Sim, por quê? Não é verdade?

— Olha, você não precisa se preocupar mais com ele — Melissa diz. — Você é popular agora, pode esquecê-lo. Deixe que ele suma da sua vida, Ok?

Rio, tentando transformar o assunto em brincadeira.

— É, pode ser. É apenas uma velha mania.

— Como roer as unhas? — Meredith pergunta, mudando de assunto para que eu comece a esquecer Lukas. Pega a minha mão e mostra as unhas ruídas para Melissa. — Sério, você precisa parar com isto — fala de um jeito relativamente amigável.

— Eu sei — digo e olho as unhas de perto, querendo que pudesse parar assim de repente. Talvez seja mais fácil quando meu pai voltar daqui a dois dias. Às vezes ainda fico nervosa demais durante a noite para conseguir parar. A hora de ir dormir é que mata. — Juro que vou parar em breve.

Meredith sorri.

— Eu sei que vai — fala num tom mais de ameaça do que de apoio.

Mas isso faz parte de ser uma delas. Sempre exigem que eu mude alguma coisa até me tornar perfeita. Não fico irritada porque acho que gosto mais de quem elas querem que eu seja do que quem eu sou. Quero dizer, estão querendo que eu melhore, e creio que a resignação seja a melhor saída. Tipo a minha nova dieta. Agora meu almoço consiste em palitinhos de cenoura, iogurte e água mineral, como todas elas. É bem mais saudável do que o que eu comia antes. Mesmo que o estômago fique doendo de fome de tempos em tempos, sei que isso só acontece porque eu estava comendo demais anteriormente. O resto das meninas come apenas isso e tem mais energia que duas pessoas juntas.

Meu vestuário melhorou também, agora que quase todas as colegas de equipe me deram roupas usadas. São praticamente novas, e todas caíram bem em mim. As meninas foram legais nesse aspecto porque não ficou parecendo caridade. Ninguém debochou de mim por ser pobre. Vivem dizendo que somos uma família e que não se importam em ajudar uma delas.

Minhas notas também melhoraram. Sempre ouvi dizer que quem pratica esportes se sai melhor na escola; eu só não sabia que o efeito era automático. Não estudo mais do que antes, porém não paro de levar A nos testes. Meu pai mal pode esperar para ver e nem acreditou quando contei pelo telefone.

Só tem uma coisa que me incomoda em ser uma delas. É o lance de ter que mudar de nome. Não entendo porque fazem isto, não mesmo. Já saquei que faz parte de demonstrar lealdade e tudo mais, mas acho desnecessário.

— Já sabe qual você quer? — Maggie me pergunta.

— Ainda não — murmuro, tentando evitar o assunto.

— Bem, vai ter que escolher logo. Sua primeira concentração é na sexta-feira, e até lá você precisa de um novo nome — diz, deixando claro que é uma ordem. Chega de empurrar com a barriga, preciso decidir entre três opções dadas por Maggie: Montana, Mackenzie ou Madison.

Suspiro ao pensar em ser chamada por qualquer um desses nomes. Troca de identidade é para quem está no programa de proteção a testemunhas e não para colegiais animadoras de torcida.

— Por que isso é tão importante?

Fico imediatamente arrependida de ter perguntado, na mesma hora em que as conversas na mesa são interrompidas. Todas se voltam para mim e então para Maggie, que me encara friamente, franzindo os olhos azuis como o céu diante de uma tempestade de inverno. Já vi Maggie ficar furiosa com Morgan ou com outras garotas quando elas vacilam durante o treino, mas eu nunca tinha recebido aquele olhar gelado.

— É que... eu gosto do meu nome — explico.

Maggie pisca e mantém a paciência.

— Mas seu nome não começa com *M* como o de todo mundo. Por isso você precisa de um novo.

— É... mas, tipo, e daí? — pergunto, quase sussurrando.

— "E daí?" — Maggie sussurra de volta ao se inclinar sobre a mesa. Os lábios carnudos tremem ao pronunciar as palavras devagar para que eu perceba a sua importância. — "E daí" que é nosso dever garantir que cada pessoa desta cidade torça pelo Esquadrão da Morte. Precisamos mostrar lealdade completa, mesmo que implique sacrificar uma parte de nós mesmas. Fazemos isso sacrificando nossos nomes, sacou?

Concordo lentamente para todos os rostos que me encaram com uma seriedade geralmente reservada aos treinos.

— Saquei — digo. Entendi que é importante para elas e, por esse motivo, também deve ser importante para mim. — Vou escolher um — as palavras saem arranhando a garganta seca.

Maggie sorri para mim, colocando a mão em cima da minha, e diz que sabe que a troca de nomes pode parecer estranha, mas promete que vou me acostumar. Não tenho muita certeza disso, mas, de qualquer forma, falo que ela está certa.

Volto a comer o meu almoço, e as conversas recomeçam do ponto onde pararam, sem perder o pique. Aceno para Greg quando o vejo se aproximando. Todas as minhas neuras sobre mudar de nome desaparecem. Começo a achar que posso me acostumar com qualquer coisa desde que ele esteja comigo.

Passo a mão devagar pelo rosto de Greg depois que nossas bocas se afastam e dão espaço para respirarmos.

— Ate amanhã — digo.

— Isso aí, amanhã — ele responde. O aviso luminoso da lanchonete acende e apaga, alternando a cor do rosto de Greg entre o rosa e o branco. Consigo ver alguns de seus amigos com os casacos do time ainda lá dentro, trocando de mesa como crianças brincando de dança das cadeiras.

Nossos dedos permanecem juntos por um segundo antes de se separarem. Vou, mas continuo olhando para ele. Sigo andando de costas, com cuidado, até ficar em frente ao prédio vizinho à lanchonete. Aceno pela última vez e ele responde. Já sinto falta de sua presença.

Ando como uma sombra pela cidade deserta. As lojas foram fechadas, e as vitrines, apagadas ao cair da noite. O vento aumenta enquanto eu caminho. Olho para trás e vejo Greg ainda lá, me observando virar a esquina. Pensar nele vai me aquecer até eu chegar em casa. É meio assustador como me sinto por sua causa. Nervosa e segura ao mesmo tempo. Todinha dele como um bicho de pelúcia que adora atenção. Não sei dizer exatamente como é a sensação, apenas sei que é boa e que adoro estar com ele.

Os dias estão ficando mais curtos com o inverno chegando. O céu roxo do anoitecer está escurecendo depressa e sei que a luz não vai durar até voltar para casa. Apresso o passo enquanto a noite vai tomando conta do céu. Os postes de luz brilham com mais força à medida que o espaço entre eles fica mais escuro. O som dos troncos de árvore ao vento aumenta de intensidade. A solidão ao redor torna fácil perder a noção do tempo.

Conto em silêncio o número de coreografias que tenho de executar durante a concentração amanhã. Vai ser minha estreia em frente a uma plateia, e estou nervosa, com medo de errar. Dominei cada uma das coreografias nos treinos dos últimos dias, mas é diferente quando tem gente assistindo. Sei que a maioria vai estar de olho em mim, atenta para saber se mereço ser uma animadora de torcida ou não. As meninas também, de certa forma. Mesmo que não digam, sei que amanhã é meu teste final.

Revejo os passos de cabeça enquanto caminho. Bato os pés, de olhos revirados enquanto a boca se mexe.

— Um, dois, três. E um... — Recomeço toda vez que esqueço um movimento aqui, um gesto ali. Estou tão distraída que nem percebo a figura escondida nos arbustos perto de casa até estar perto demais para fugir.

Solto um gritinho como um ganido de cachorro quando braços e pernas saem da escuridão atrás das moitas. Paro e engulo o berro assim que noto que é somente Lukas.

— O que você está fazendo aqui? — pergunto na hora em que o coração desacelera da surpresa. Recupero o fôlego e sorrio. Não me importo com o susto que me deu, pois estou contente de vê-lo.

De início não fala nada. Fica parado em silêncio na entrada da garagem com os pés sobre a mancha de óleo que quase sumiu nos últimos dez dias. Inclina a cabeça para afastar o cabelo dos olhos e me ver melhor. Percebo, então, que é a primeira vez que ele me olha no uniforme de animadora de torcida e que isso o deixa um pouco nervoso.

Fecho o casaco para esconder.

Lukas balança a cabeça e solta um riso de desgosto. É a gota d'água. Passo direto por ele, não preciso que venha aqui me julgar. Quem pensa que é, afinal?

— Hannah, espera — diz, tentando parecer gentil.

— Vá se catar! — grito, sem interromper o passo para a porta.

— Foi mal — fala. — Espere um pouco... deixe-me falar.

— Para quê? Tentei falar com você a semana inteira e fui tratada como se eu fosse uma doença. — Procuro a chave de casa e tiro do bolso. Enfio na fechadura e a porta se abre.

— Eu sei. — O tom meio triste de sua voz me faz parar. — Fui meio babaca. — Então, me olha com a mesma expressão gentil da noite em que meu pai foi embora. Lembro como me fez companhia por horas no frio para que eu não ficasse sozinha. O mínimo que posso fazer é ficar aqui fora por alguns minutos e ouvir o que tem a dizer.

Fecho a porta de novo, reponho a chave no bolso e sento nos degraus de mãos cruzadas no colo. Ele se aproxima e fica encostado no pilar da varanda, mas não senta. Respira fundo, e percebo que está escolhendo as palavras antes de falar.

— Você precisa sair da equipe.

Simples assim. Sem explicação ou razão, e sem sequer considerar a minha reação, que é ficar de pé e abrir a porta de novo.

— Espera, me ouça — implora.

— Já ouvi isso antes e não vai rolar outra vez.

— Aqui! Olha — grita. Tira a mochila dos ombros e procura no escuro, em meio à papelada, como um animal fuçando o lixo atrás de algo para comer. Acha uma fotografia rasgada nas pontas e com vincos no meio. Ajeita na palma da mão, desenrola as pontas e alisa a foto na perna antes de me entregar.

— O que é isto? — pergunto, sem me mover para pegar a fotografia.

Ele não responde, apenas enfia a foto na minha mão.

Ligo a luz da varanda porque está difícil de enxergar. A imagem de duas pessoas entra em foco diante do clarão da eletricidade. Dá para ver de primeira que uma delas é Lukas. Ele está um pouco diferente, mais jovem, porém já comprido e magro, com o mesmo risinho de lado com que me acostumei. Está acompanhado por uma garota que nunca vi antes, sorrindo também, com o braço de Lukas na cintura. Eles estão parados na rua atrás da escola, só que com casas coloridas ao fundo. Não reconheço o cenário de imediato porque estou acostumada a ver as residências vazias, cinzentas e com tábuas nas janelas. Não dá para imaginar Maplecrest parecendo assim tão viva.

Devolvo a foto para ele, abrindo os braços para indagar qual o motivo de mostrá-la a mim.

— Sou eu e a Alison há dois anos — Lukas diz.

Não acredito de primeira. A garota não era nada parecida com Morgan. Ela tinha cabelo castanho e seus olhos não queimavam o papel com chamas azuis como era de se esperar. Além disso, Meredith falou que era tudo mentira, que Lukas inventou a história por alguma razão.

Levo a foto de novo até a luz e olho mais uma vez. Noto uma leve semelhança, mas de uma forma estranha. É como se visse Morgan presa debaixo da superfície. Imagino que, se passasse uma borracha por cima do rosto na fotografia, veria Morgan me encarando de debaixo da camada de pele da menina.

Lukas nota minha expressão de surpresa.

— Vai acontecer a mesma coisa com você — ele diz.

— Duvido — respondo, tentando mais me convencer do que a ele, dizendo a mim mesma que o arrepio que sinto da cintura aos tornozelos é apenas o vento frio subindo pela minissaia, que não tem nada a ver com a minha imagem cadavérica que vejo na mente.

A folhagem e os galhos compridos dos pinheiros balançam ao vento que sopra dos morros atrás da minha casa. As vigas do telhado rangem diante da pressão. É como um canto de morte quebrando minhas palavras, que viram cacos de vidro arrastados pelo vento na rua abandonada.

A expressão de Lukas se torna sombria como a noite. Ele me encara como um mensageiro que se transformou na própria má notícia que veio entregar.

— Sei que não quer acreditar em mim... mas tem algo muito esquisito rolando aqui — diz. — As pessoas somem e ninguém parece notar. Outras se transformam de uma hora para outra, sem lembrar quem eram, e todo mundo continua agindo como se não houvesse nada de errado!

Cubro o rosto com as mãos para ignorá-lo. Pressiono os dedos nos olhos até ver manchas verdes e roxas, afastando a memória da multidão hipnotizada durante o jogo de futebol americano. Tiro da cabeça a imagem da mobília quebrada na casa de Diana, mas lembro que ninguém sentiu falta dela, como se já esperassem que isso fosse acontecer. E por trás de tudo que passa voando pela minha mente estão os óculos espelhados do xerife, que evitam que alguém veja sua alma.

— Pensa bem, Hannah... você sabe que tenho razão — fala Lukas.

— Não... não… é imaginação sua — digo, balançando a cabeça.

— Não... não é — fala com a mesma calma da garçonete da lanchonete ao anotar o pedido de um café. Não discute e nem questiona, simplesmente conta algo que veio a descobrir. — Sei que você tem novos amigos... um namorado e tudo mais... eu não esperava mesmo que me ouvisse.

— Então por que veio até aqui? — pergunto.

Ele entrega a fotografia e me obriga a aceitá-la.

— Queria lhe dar isto. Se ainda sobrar algo de você quando a transformação terminar, acho que a foto vai ajudá-la a lembrar quem eu fui. Vão se livrar de mim assim que você virar uma delas, quando não houver mais chance de você se importar.

— O que isso quer dizer?

— Quer dizer que fiquei de boca fechada depois do que aconteceu com a Alison, assim como todo mundo. Só que desta vez falei demais, e elas vão garantir que eu pare de estragar seus planos.

Lukas fala de um jeito como se fosse uma despedida para sempre. Tento dizer que a situação toda é loucura, mas ele não me escuta. Repete que sabe que é o próximo a desaparecer, que será perseguido assim que eu virar uma delas.

Ele levanta a gola do casaco contra o vento e sai da varanda. Não sei se quero que Lukas pare e entre em casa comigo ou se corro e o derrubo até rolar pela entrada da garagem.

Estou tão confusa que apenas fico parada com a fotografia velha entre os dedos, enquanto Lukas dá a volta pela minha casa para cortar caminho pela floresta. A luz de um farol alto passa pelo jardim e o ilumina antes que ele desapareça na proteção das árvores.

Viro a tempo de ver um par de olhos azuis eletrizantes me observando da janela de um carro de polícia. Ele passa devagar até o fim da minha rua e faz a curva em direção ao centro.

Minhas mãos estão dormentes por causa do frio. Meus joelhos estão tremendo, mas não acho que o vento seja o motivo. Parte de mim quer correr até o centro para encontrar Greg, dar um abraço nele e fazer com que me segure até tudo ficar bem, até saber que nada é diferente do que aparenta ser.

O telefone me impede, entretanto. O toque é como um despertador que me acorda do sonho. Corro para dentro da casa e tranco a porta atrás de mim. Minha mão ainda treme quando atendo e o tom de voz entrega o meu estado de nervos.

Meu pai pergunta se está tudo bem.

— Vem logo pra casa — digo para ele.

QUATORZE

— Ok... vai ser Madison, então — Maggie responde ao ouvir o nome que preferi. Ela sorri como uma criança querendo mostrar o troféu que ganhou, os dentes radiantes sob a luz fluorescente dos corredores da escola. — Madison — repete para si mesma, refletindo com atenção pela última vez antes de colocar o nome em mim como um colar que jamais pode ser retirado.

Fecho o armário, querendo sentir uma fração do entusiasmo de Maggie sobre meu novo nome. Parece com um jeans que jamais vai caber em mim. A ideia de mudar de nome me deixa aflita. É igual à fotografia de Morgan, como se a primeira camada tivesse sido apagada, e não vai demorar muito até eu ficar igual a ela.

Ao andar até o ginásio digo para mim mesma que estou apenas nervosa. A gente tem de vestir os uniformes antes do começo da concentração, e estou morrendo de medo de vacilar. Mesmo assim, sei que o problema vai além disso. Fiquei tão envolvida em me enturmar que não parei para pensar como o processo me transformou. Ser chamada por outro nome apenas joga uma nova luz sobre a situação.

Ignorei certas coisas de propósito.

Venho me recusando a perceber como certos eventos estão interligados. Já devia saber que não há coincidências em cidades pequenas. Existe sempre uma conexão entre os fatos. Era isso o que Lukas, do seu jeito maluco, tentou fazer com que eu entendesse. Mas que eventos estão interligados? É o que preciso descobrir agora. Se o sumiço de Diana tem a ver com o xerife ficar de olho na minha casa. Ou vai ver que ele fica passando por lá por causa do meu pai, pronto para nos perturbar como todos os policiais de cidadezinhas que conhecemos. E, o mais importante, algum desses eventos teria conexão com o fato de eu ser uma animadora de torcida em Maplescret com novo nome?

Nem sei se quero descobrir. Às vezes é legal não saber das coisas. Mas sei que a foto de Alison, escondida no meu quarto, vai me perseguir se eu não tentar desvendar os fatos. Não quero que Madison mate Hannah da mesma forma que Morgan matou Alison. Então respiro fundo pelo nariz e tomo coragem.

— Maggie... tem uma coisa que queria saber — digo enquanto os alunos saem da frente para a gente passar pelo centro do corredor.

— Claro, Madison, o que foi? — Maggie fala.

Fico surpresa com como ela adotou rápido o novo nome. Parece tão natural, como se jamais tivesse me chamado de outra forma. É tão casual que fico distraída e esqueço o que ia dizer.

— Então? — ela pergunta com impaciência quando viramos o corredor.

Aproximo as mãos da boca, lutando contra a vontade de roer as unhas para evitar uma nova bronca de Maggie sobre meus maus hábitos.

— Eu... bem — gaguejo, na dúvida se deveria deixar o assunto de lado e apenas me concentrar na coreografia. É uma besteira, afinal, tudo culpa de ter ficado sozinha por dez dias. Começo a imaginar coisas e ficar maluca. Tenho de tirar essas ideias da cabeça. Estou quase me convencendo até que ela olha para mim com aqueles olhos azuis iguais aos que varreram a escuridão ontem à noite, e então decido perguntar.

— Seu pai.... eu o vi ontem à noite passando pela minha casa. — O tom da minha voz faz o comentário parecer uma acusação, deixando claro que penso que tem algo de estranho nessa história. E Maggie me encara como se eu fosse criança, dizendo que ele *é* o xerife e esse *é* o seu trabalho. Então faz a expressão que já vi milhares de vezes quando alguém erra nos treinos ou fala alguma besteira no refeitório. Uma sobrancelha arqueada e a boca ligeiramente aberta. A expressão que faz a pessoa se achar a mais estúpida do planeta.

— Mas teve outra vez também — falo, me referindo à ocasião em que o xerife por acaso estava lá para derrubar Lukas. E ainda acho que passou pela minha casa outras vezes além dessas duas. Creio que foi o farol de seu carro, e não alguém procurando por meu pai, que me manteve acordada nas primeiras noites em que fiquei sozinha.

— Só estava pensando... tipo, ele falou alguma coisa sobre isso?

Sinto os dedos de Maggie se fecharem em meu pulso, apertando com força como uma ave de rapina furiosa. Olho para ela, imaginando o que fiz de tão errado para que perdesse a calma. Mas sua expressão não combina com a crueldade das unhas cravadas na minha pele. Ela sorri de uma forma amigável que não tem nada a ver, como o som de um filme fora de sincronia em que os diálogos não batem com as bocas se mexendo. Meu olhar não para de ir da mão apertando o braço para o seu rosto. Maggie também deve ter percebido como a situação estava estranha porque de repente me solta, puxando a mão como alguém que larga um fio de eletricidade depois de levar um choque.

Ela respira fundo e libera o ar devagar, como se fosse contar um segredo que não deveria. Chega mais perto e sussurra, sem que ninguém ao redor no corredor cheio possa escutar.

— Nós sabemos que seu pai viajou — confessa.

Meus olhos ficam maiores que o rosto, e tento negar com a cabeça, expondo de vez a mentira. A boca se prepara para repetir as mesmas desculpas e dizer que meu pai trabalha num horário fora do comum, porque sei o que vai acontecer caso o xerife descubra a verdade. Uma longa lista de audiências no tribunal e fins de semana em um orfanato até que tudo fique esclarecido.

— Está tudo bem — Maggie garante, colocando as mãos em meus ombros para eu ficar calma. — Meu pai não vai causar problemas, só estava verificando se estava em segurança... sabe, por causa daquele moleque bizarro que atacou você e tudo mais.

Mordo o lábio inferior.

A explicação deveria me fazer sentir melhor, mas não adianta. A sensação que tenho é de estar sendo observada, estudada, da mesma forma que Meredith fica de olho em mim o tempo todo para que eu perca os maus hábitos. Maggie percebe minha reação. Ela sempre percebe. Nota que não fiquei calma e, então, me cutuca de brincadeira com o cotovelo.

— Ei, você ainda está aí? — diz. Concordo, sem clima para provocação. Então a voz dela fica séria outra vez e diz que isso tudo está acontecendo apenas porque eles se importam comigo. — Você não precisa ficar sozinha nunca mais.

Procuro por algum sinal de deboche, tentando ouvir um vacilo na voz dela ou o princípio de uma risada. Observo dentro de seus olhos para ver se estão escondendo algum desprezo por mim, mas eles são francos e sinceros. Tenho certeza que Maggie está falando a verdade. Ela realmente se importa comigo e cá estou eu, tirando conclusões apressadas sobre o pai dela.

— Foi mal... eu estava... — mas não termino, porque não tenho certeza se vou dizer a coisa certa.

— Tanto faz, não esquenta — Maggie diz, sendo tão compreensiva que faz com que eu me sinta ainda pior. — Anda, vamos nos aprontar e esquecer tudo isso.

— É, deixa pra lá — concordo. Que idiotice a minha ficar paranoica por causa de pesadelos e histórias de terror.

Como se eu já não tivesse estresse suficiente. Em vinte minutos vou me apresentar diante da escola inteira pela primeira vez. É isso o que deveria fazer meu estômago revirar enquanto caminho para o vestiário.

A maioria das meninas já está de uniforme e fofocando quando Maggie fala mais alto que o burburinho para chamar a atenção de todas. As conversas vão se esvaindo como a trilha de fumaça deixada por um avião no céu. Assim que todas olham para nós, ela afasta o cabelo do meu rosto, prendendo atrás da orelha.

— Pessoal, essa é a Madison.

Meu coração bate forte dentro do peito.

Um adeus triste e repentino para Hannah no momento em que dou mais um passo para deixar de ser quem eu era.

Outra camada apagada. Mas não é tão terrível assim como pensei, porque significa que é outro obstáculo que desaparece entre mim e minhas amigas. Posso ver que estão bem contentes. Todas essas meninas que me assustavam há duas semanas com seus olhares ameaçadores e sua beleza agora são minhas amigas. Até mesmo aquelas que não querem exatamente a minha presença me defenderiam, caso fossem obrigadas a tomar partido entre mim e qualquer outra pessoa. É mais do que posso dizer sobre a maioria das minhas amigas de outros colégios que diziam gostar muito de mim.

— Oi — falo com a mão na altura da cintura, acenando apenas com os dedos, pela primeira vez como Madison. Acho que vou acabar me acostumando com o nome, afinal de contas.

— Meninas, fiquem prontas! O show começa em 15 minutos! — grita a Sra. Donner da porta que dá para o ginásio. É possível ouvir os passos apressados dos alunos enchendo a arquibancada ao fundo. Sinto o coração acelerar, batendo no ritmo da galera se reunindo.

Os armários se abrem e fecham ao redor como um coral de carros batendo. Meredith se aproxima e senta no banco ao meu lado.

— Está nervosa, né? — diz, tranquila e com as mãos fechadas sobre as dobras da saia.

— Um pouquinho — falo com sarcasmo, separando o dedo e o polegar por um pequeno espaço.

Meredith dá sua risada jovial de sempre.

— Não fique nervosa.

— Valeu pelo conselho — falo e ambas rimos, o que, por incrível que pareça, ajuda bastante. Rir da situação meio que afasta o nervosismo enquanto tiro a roupa e visto o uniforme.

— Você está perfeita — ela diz.

Abaixo a cabeça para me olhar. Acho que dei tanta atenção aos treinos que nem notei que o uniforme não está mais tão justo. Meredith está certa, ele cabe perfeitamente. Ainda não estou tão magra quanto Miranda, Melissa ou qualquer uma das outras, mas, se olhar bem, já é possível enxergar meus ossos do quadril querendo aparecer como dois gravetos.

Meredith fica de pé e levanta meu rosto para que eu a encare.

— Toques finais — fala, e fecho os olhos para que ela me maquie. Todas as meninas pintaram os lábios carnudos com batom vermelhão. Finjo mandar um beijo e Meredith passa o batom em mim. Aplica em mim o pó do mesmo tom fantasmagórico que ela usa, desenhando linhas grossas e escuras ao redor dos meus olhos.

Vejo um relance do meu reflexo no espelho quando ela termina.

A única coisa que me diferencia das demais é o tom do cabelo.

Ouço a voz monótona do diretor atrás de mim, enquanto estou virada para os alunos sentados na arquibancada do ginásio. Mal presto atenção ao que ele fala ao microfone. Parece um robô sem graça e enfadonho, dando as boas-vindas ao colégio inteiro. As palavras flutuam até o teto e somem em meio aos estandartes dos campeonatos estaduais, alguns velhos e desbotados, outros novos, e todos declarando a superioridade da escola em letras marcantes e vermelhas cor de sangue.

Dou uma rápida olhada sobre o ombro para ver o time de futebol americano. Os jogadores estão sentados no meio do ginásio em cadeiras especialmente reservadas para eles. Tento encontrar Greg no meio dos rostos quase idênticos. Ainda não tinha percebido como todos eles se parecem. Estou acostumada a vê-los em grupos pequenos ou usando capacetes acompanhados de números. Aí sempre consigo identificar Greg — é o cara que fica olhando para mim. Entretanto não consigo vê-lo em um grupo grande como este. Não é possível encontrar seu sorriso quando realmente preciso dele. Quero vê-lo sorrindo nem que seja uma vez, porque o nervosismo está atacando meu estômago enquanto a concentração prossegue.

Apenas um olhar de Greg já me relaxaria. Seus olhos têm o poder de me acalmar como o céu ou o lago, ou qualquer coisa delicada e azul. Bem que estou precisando de algo assim. Um pouco de calma cairia bem enquanto o circo é armado à minha volta.

— Psiu... vira pra frente — Miranda sibila ao ver que não estou olhando para o público. — Agora! — ela exige entredentes.

Viro a cabeça para a frente num estalo.

Tenho que vigiar as pessoas na arquibancada. Depois que nós saímos do vestiário e executamos uma coreografia curta, a Sra. Donner designou uma parte da arquibancada para cada uma de nós. Uma animadora em posição de sentido, perto uma da outra, dando a volta no ginásio, observando os espectadores. Ninguém tinha me falado sobre isso antes mas, pela reação das outras meninas, é óbvio que essa é a nossa função na concentração.

Nós temos de garantir a atenção de todo mundo.

Devemos nos lembrar de quem não vibrou quando deveria ter vibrado. Qualquer um que esteja conversando em vez de escutar, que esteja passando bilhetinhos ou fazendo dever de casa. Qualquer um que não esteja assistindo em silêncio, atento como uma estátua.

Nós somos as guardas da prisão, e isso deixa a maioria das meninas empolgada.

A gente obriga a plateia a entrar no clima de torcida pelo colégio, e elas levam a sério a função.

Os outros alunos também sabem disso. Eles olham para mim com expressões neutras, as mãos paradas sobre o colo até a hora de aplaudir. Aplausos programados, que acontecem toda vez que Maggie levanta a mão ao lado do diretor no pódio. Eles têm medo de não aplaudir porque sabem o que acontece quando deixam de vibrar. Eu também sei, depois que Miranda vê um espectador letárgico e sussurra para mim.

— Ele ali? Está vendo? — pergunta e aponta para um calouro sonolento com a cabeça apoiada nas mãos na hora do aplauso. Eu aponto também, como se perguntasse se é ele mesmo. Miranda concorda, com a expressão de um cão raivoso ao olhar para os professores parados diante de cada porta para que ninguém saia. Ao chamar a atenção deles, Miranda aponta para o rapaz outra vez, cujos olhos semiabertos não notam a encrenca em que se encontra.

Um professor de educação física com mãos peludas e cara de macaco se aproxima imediatamente, avançando pela arquibancada. Os alunos desviam enquanto ele passa, pega o pobre coitado sonolento e o arrasta pela gola. O moleque balança os braços para manter o equilíbrio ao som do *tum-tum* de seus tênis batendo contra os degraus. Ele tenta falar, mas a voz sai distorcida pelo medo. Os alunos sentados dão passagem sem reclamar.

Meus joelhos começam a tremer ao ver o professor de educação física arrastar o calouro para fora e desaparecer no clarão do sol. Mas tenho certeza que deixei passar alguma coisa nessa história. O garoto só podia estar fazendo cara de cansaço para acobertar algum comportamento mais inadequado que Miranda tenha visto.

— Não o levariam para fora dessa maneira a troco de nada — fico repetindo para mim mesma.

O diretor prossegue discursando sem ter percebido nada e apresenta o time de futebol.

— Nossos agentes da morte — diz com uma voz espumando de loucura. Imagino que, caso pudesse ver seu rosto, notaria um ar de humor que não consigo escutar. De costas para o diretor, tenho a sensação de ouvir os delírios de um pregador que eu e meu pai vimos numa esquina de Boston certa vez. O sujeito babava de raiva ao dar um sermão de ódio. Mesmo com o cabelo aparado, terno e gravata, o pregador parecia com uma fera de língua de cobra e intensos olhos vermelhos. É assim que imagino o diretor enquanto lê os nomes dos jogadores um por um, começando pelos veteranos. Não arrisco olhar até que chegue aos calouros. Fico aliviada que ele ainda parece o mesmo chato careta de sempre, e apenas a voz esteja alterada.

Espero o nome de Greg ser chamado, espiando de rabo de olho, com cuidado para não ser percebida por Miranda. Viro para vê-lo se levantar em meio aos colegas sentados. Tem alguma coisa de diferente nele que não reconheço. Algo mais violento. O crânio está aparente debaixo da fina camada do rosto. A pele ao redor dos olhos fundos parece irritada, como se estivesse inflamada. O público reage com uma vibração programada e Greg exibe uma expressão demoníaca que eu jamais tinha visto.

Fico gelada de medo e rapidamente volto a olhar para a frente.

É tudo em nome do show. Ele tem de fingir que é durão e tudo mais. Não deveria me incomodar. Faz parte de ser um atleta. São coisas com que tenho que aprender a lidar, como os gafanhotos e a falta de etiqueta à mesa. Porém, como todo o resto, é um pouco demais para encarar de uma vez só. Nada disso é como eu esperava. Pensei que o público fosse me ver com admiração, mas só recebo olhares de medo.

Após as apresentações, é a vez de o técnico do time falar. Ele discursa sem microfone, andando pelo ginásio. A voz sai forte demais para alguém tão pequeno. O técnico é menor que os jogadores, mas ruge como se tivesse o dobro da altura. Seu rosto fica vermelho, com veias saltando na testa, enquanto ele discursa sobre o adversário.

— Isso não é um jogo — diz. — É o nosso modo de vida. Nosso modo de vida! E se acham que podem vir à nossa cidade e tirar isso da gente, eles têm algo a aprender.

Os jogadores respondem como soldados diante de um sargento, enquanto o técnico faz com que a partida pareça uma guerra contra inimigos perigosos que não merecem piedade. A cada frase ele fica mais agitado, batendo com os punhos em cadeiras, mesas e qualquer coisa em seu caminho. Sinto as tábuas do chão vibrando debaixo dos pés a cada aplauso retumbante da arquibancada. Porém, é como se os corpos se mexessem de forma mecânica, batendo pés e gritando, e vejo em seus olhos que não sentem nada.

Cada parte de mim implora para que eu saia correndo, mas me controlo. Mantenho as mãos na cintura e cotovelos dobrados na posição em que devo ficar. Continuo a procurar por expressões distraídas em cada fileira. E quanto mais o técnico grita, mais sinto que estou presa em um sonho, esperando que uma árvore surja do chão, que eu seja amarrada no tronco e tenha as entranhas devoradas por dentes afiados e vorazes. E quanto mais penso nisso, mais tudo gira. Os estandartes do teto viram um borrão de letras, os rostos à minha frente se embaralham até eu não identificar um do outro. Vou ficando cada vez mais tonta, e entro em pânico ao pensar em desmaiar.

Levo as costas da mão à testa. O cabelo está encharcado de suor, mas a pele está gelada. Respiro fundo e tento me controlar. Do meu outro lado, Mandy continua perguntando por sussurros se estou bem. Sua voz parece um pneu furado vazando ar, cada vez mais distante, mas mesmo assim concordo com a cabeça.

— Estou — balbucio.

O sangue começa a pulsar nas têmporas com o eco das sílabas retumbantes vindo do teto. As palavras parecem insetos que tentam entrar nos meus ouvidos, dando ferroadas e zumbindo. Assim que conseguirem, estarei tão morta quanto os corpos empilhados na arquibancada à minha frente. Vou nascer de novo, reprogramada, e não posso fazer nada para impedir. Nem apertar os olhos ou pressionar os dedos nas têmporas me impede de ouvir o zumbido.

— Madison? Você está bem? — Consigo perceber a voz, mas está distorcida. Parece alguém falando debaixo d'água e se aproximando.

Sinto um par de braços me pegando pela cintura no momento em que o mundo vira um clarão de luz branca como a explosão de estrelas, enquanto desmaio.

* * *

Pelas janelas tudo parece normal, em silêncio, como se o mundo dormisse enquanto as nuvens se abrem para a primeira neve do ano. Vejo os flocos pela faixa de vidro que circunda as paredes do vestiário logo abaixo do teto. Uma cena tão calma e perfeita. Uma chuva constante de flocos do tipo bem apropriado para fazer bonecos de neve, mas péssimos para esquiar de trenó. Neve branca e cristalina como a pele das pessoas em pé à minha volta, que noto ao piscar os olhos, deitada sobre um banco.

Tento sentar, mas não estou tão bem como imaginava. O sangue sobe à cabeça e alguém me pega pelas costas, obrigando-me a ficar deitada. Os olhos se ajustam à luz e tudo entra em foco. Vejo Meredith ao meu lado, com as mãos nas costas e o corpo um pouco inclinado, batendo os pés em um ritmo devagar e constante como a neve que cai lá fora. Parece uma boneca de cerâmica, um brinquedo posto em exibição. Morgan sussurra no ouvido dela, gesticulando, mas não ouço nenhuma palavra. É como ver televisão sem som.

De qualquer forma, a audição vai voltar devagar, do mesmo jeito que a visão retorna quando pisco os olhos.

Pela expressão nos rostos acima de mim, não sei ao certo se quero que a audição volte. Quando me recuperar, sei que a primeira coisa que vou ouvir é que saí da equipe. Devo ser a maior vergonha para elas, depois de desmaiar dessa maneira diante da escola. Que impressão eu deixei — aposto que acordei os espectadores entediados. Com certeza não precisaram fingir a risada. Também duvido que Greg volte a falar comigo algum dia. Não depois que arruinei a concentração ao cair no chão e encerrá-la bruscamente.

— Ela é uma perda de tempo. — As palavras saem da boca de Morgan e flutuam em minha direção. Maggie está na frente dela, de braços cruzados e olhando para mim. — Eu disse a você que a gente devia ter se livrado dela. — Morgan dá um sorriso falso, orgulhosa de saber desde o início que eu era imprestável.

Maggie joga o cabelo e encara Morgan, que se cala. Ela dá o olhar que usa para nos lembrar que não significávamos nada até o dia em que decidiu falar conosco pela primeira vez, que éramos anônimas até nos batizar. Quando Maggie se vira para mim, o olhar fica mais intenso, como se estivesse se concentrando dentro dela, esperando que eu cometesse um erro. Aguardando para me criticar por não ser tão perfeita quanto seus clones.

Quero pedir desculpas, mas as palavras não saem, ficam presas dentro de mim. Tenho medo de dizê-las e piorar as coisas. Maggie se ajoelha, coloca uma das mãos em cima da minha e a outra na testa para que eu não levante a cabeça. Estou presa como um animal em uma armadilha. E seu sorriso significa que me possui completamente.

— O que aconteceu lá fora, Madison? — O tom é igual ao de uma enfermeira de escola que imagina que você está fingindo estar doente para matar aula. É uma ordem para falar como se eu fosse um de seus animais de estimação, deixando claro que sou aquele que ela menos gosta.

— Nada — sussurro, sentindo que vou chorar.

Eu queria que a neve pudesse cair tão depressa que cobrisse as duas últimas semanas para eu começar tudo de novo assim que ela derretesse. Se pudesse voltar atrás, não teria passado fome e ficado tão fraca a ponto de alucinar e desmaiar. Talvez nem tivesse feito o teste para animadora de torcida. Foi esse estresse de tentar me enturmar que me deixou tão pilhada ultimamente. Fez meus sentidos distorcerem a realidade e imaginar coisas que não podem ser verdade.

Maggie começa a passar os dedos pelo meu cabelo como as pernas de uma aranha. Sua voz adquire aquele tom calmante que as pessoas usam para fazer um bebê parar de espernear. E quando finalmente tenho coragem de olhar em seus olhos, fico contente de ver que não está furiosa.

— Pode acontecer com qualquer um — ela diz. Noto Morgan revirar os olhos e colocar as mãos na cintura, desapontada ao ver que ganhei uma segunda chance.

Começo a dizer para Maggie que não sei o que me deu, que fiquei nervosa e descontrolada, mas ela coloca a mão na frente da minha boca, dizendo que está tudo bem.

— Desde que prometa que não vai acontecer durante o jogo amanhã — ela fala e dá uma risada que é acompanhada pelas demais.

— Mas... ainda estou na equipe?

O clima no vestiário muda no momento em que as palavras saem da boca.

— Ninguém é expulsa da equipe uma vez que foi aceita — Meredith explica.

— Nada do que você fez foi tão ruim que não seja possível dar um jeito — Maggie diz. — De qualquer maneira, a concentração estava quase acabando. Além disso, é meio chato ouvir sempre os mesmos discursos idiotas.

— É? — pergunto. Pareciam tão sérias que jamais achei que pensassem da mesma forma que eu. Mas ando meio sem noção ultimamente. Eu não devo ser assim tão diferente delas, porque Maggie garante que também não aguentam mais ouvir o diretor e o Sr. Johnson, o técnico do time. Para provar, ela fecha os punhos e imita o técnico de forma exagerada, rosnando e espumando.

Rir me faz começar a sentir melhor. A dor de cabeça passa e tenho forças para me levantar. Talvez ter desmaiado não tenha sido assim tão grave. E, pensando bem, provavelmente não foi motivo de riso, e sim de preocupação se eu estava mal ou algo do gênero. De qualquer forma, o dia letivo acabou dez minutos mais cedo por causa disso. Provavelmente virei uma heroína para alguns alunos.

— Está se sentindo melhor? — Maggie pergunta e eu sorrio. Digo que não acredito que desmaiei, mas que estou bem agora. — Ótimo, porque a gente tem algo que precisa ser feito — ela fala.

As outras meninas se aproximam, empolgadas demais para ficarem paradas. Mordo o lábio e olho de um lado para o outro, tentando adivinhar o que Maggie está dizendo. O sol surge entre as nuvens por um breve momento, fazendo com que seu cabelo dourado brilhe como uma aura, e percebo o que tem que ser feito antes mesmo que Maggie diga.

— A gente precisa descolorir o seu cabelo até amanhã para que você esteja tão perfeita quanto o resto de nós — diz, levando algumas das minhas mechas soltas cor de palha até a luz, onde não brilham como as dela. Mas vão brilhar logo, logo.

QUINZE

Só consigo ver pela pequena fresta abaixo da venda e mal dá para identificar na luz fraca o *M* vermelho no peito do uniforme. Mantenho a cabeça baixa e os olhos fixos no *M* para não pensar no desfile de mãos me puxando e empurrando para a frente. Arrasto os pés pelo chão, tentando não tropeçar ao ser levada pelo labirinto de bancos e armários.

— Não posso tirar isto? — pergunto para as vozes ao redor, que parecem a estática de um rádio tentando sintonizar as estações.

— Já disse que você precisa usá-la — Maggie fala em algum ponto à minha frente, em algum lugar na escuridão. — Vai impedir que o descolorante caia nos olhos. — Mas se é uma medida de precaução, pergunto a mim mesma, por que não esperaram para fazer isso na outra sala, em vez de colocarem a venda quando eu ainda estava sentada no banco?

Tomo cuidado com os passos, tentando manter o ritmo e não tropeçar nos pés de quem me leva até o depósito. Disseram que lá é o melhor lugar para descolorir o cabelo porque tem pia, cadeira e tudo o que precisam para me tornar tão loura quanto o sol de inverno.

Ouço o clique do ferrolho e a porta pesada sendo aberta bem à minha frente. O cheiro podre de ratos mortos penetra na narina e revira o estômago. Quatro mãos pegam cada um de meus braços e me arrastam até a fonte do fedor. Eu hesito e elas puxam com mais força.

— É ruim demais — protesto, lutando, querendo soltar as mãos e cobrir a boca e nariz para evitar vomitar.

— Não seja tão idiota — Morgan diz. — O descolorante vai acabar com o mau cheiro num instante. — Ela me dá um pequeno empurrão ao terminar de falar, e caio sobre uma cadeira invisível que foi posta ali para me pegar. Ouço caixas sendo remexidas e pés andando ao redor. Esfrego o ombro na venda para levantá-la e assim conseguir ver um pouco mais do depósito.

Alguém pega as pontas soltas da venda e puxa a minha cabeça para trás como se eu fosse um cachorro sendo afastado pela coleira de um lugar que não devia entrar. A última luz vai embora quando o nó é apertado com mais força na minha nuca.

Posso sentir as figuras ao redor como fantasmas se movendo dentro das paredes da minha casa à noite. Minha respiração acelera diante do barulho de garrafas e do silêncio de minhas amigas. Só ouço o sussurro de seus pulmões trabalhando. O ar saindo do pulmão de cada uma delas parece um ninho de cobras sibilando com as línguas bifurcadas.

— Talvez eu não deva fazer isto — falo com o máximo de preocupação na voz.

— Não tenha medo — diz Meredith perto de mim.

— Não estou com medo — minto. — É que, tipo, primeiro eu devia perguntar pro meu pai se eu posso fazer isso. — Elas falam para que eu deixe de ser tão criança e que não é nada demais. Mas continuo discutindo porque há algo de errado. Nada nesse dia inteiro fez sentido, então decidi dar ouvidos aos meus instintos.

Tento ficar de pé, mas logo me forçam a sentar. Estou presa à cadeira por um monte de mãos segurando bem firme meus pulsos e cotovelos. Sinto um hálito quente na bochecha quando alguém se aproxima e coloca o joelho no meu estômago.

— Talvez você queira que meu pai leve você para um orfanato — Maggie diz.

O tom de voz indica que não é apenas uma ameaça. Ela realmente levaria isso adiante. E, pela primeira vez desde que a conheci, sei exatamente como pode ser bem cruel.

Engulo a coragem e calo a boca.

— Arrastem a cadeira até a pia e coloquem a cabeça dela dentro — Maggie ordena assim que me solta, sendo imediatamente obedecida. O ruído do metal arrastando pelo chão enche o depósito. Minha cabeça faz um barulho oco quando bate no fundo da pia. Então não ouço mais nada, como se todas elas tivessem sumido, deixando apenas o som de meias passando pelo chão.

A espera pelo que vai acontecer embrulha o estômago. Quero sair da cadeira e gritar para que parem, mas é como se não tivesse língua, braços ou pernas. Não consigo ver as sombras que me rodeiam como animais cercando a presa. A sensação daquele sonho, de dentes rompendo minha pele, causa arrepio na espinha quando unhas tocam de leve no cabelo.

Sem ouvir o som de torneiras, não tenho tempo para me preparar para o jorro de água quente que encharca o meu cabelo de repente. Mordo a língua para segurar um grito, porque a pele queima como gasolina. É aí que me dou conta de que não é água, e sim descolorante, tirando a cor de cada mecha do meu cabelo e levando pelo ralo abaixo.

Minha única chance aparece quando, por um momento, percebo que não há ninguém me segurando. Digo para mim mesma que se pudesse ver o que está rolando, não seria tão ruim. Enfio os dedos debaixo da venda e a levanto para acima dos olhos. Vejo a tentativa desesperada de Morgan para me impedir, mas até ela agarrar e dobrar meu pulso já é tarde demais.

Eu vejo tudo.

A estante de metal na parede, repleta de jarros de vidro que brilham como rubis na luz fluorescente. Eles estão cheios de água vermelha e espessa, cada um com uma fita adesiva na frente onde está escrito um nome em preto. Nomes que conheço, que começam com a mesma letra. Centenas deles, do teto ao chão, como livros numa biblioteca.

Não percebo o que são os jarros até ver um deles nas mãos pálidas de Meredith. Ainda sinto o cheiro forte da caneta marcadora usada para escrever meu nome falso na etiqueta. Madison. E noto que não é um jarro, e sim algo mais parecido com um recipiente de hospital, cheio de tubos para drenar o paciente.

Eu sou a paciente.

O sangue do jarro tem de entrar em mim, da mesma forma que o conteúdo de outros recipientes está entrando em Miranda e Melissa no outro lado do depósito. Elas estão deitadas em colchões com os olhos revirados, deixando visíveis apenas as partes brancas debaixo das pálpebras cor-de-rosa. Tubos de plástico saem de seus braços como se fossem canudos sugando o líquido que correrá pelas veias azuladas.

Tento falar, mas não sai som algum.

— Senta — Morgan grita, segurando meu pulso com tanta força que corta a circulação. Sinto os dedos ficando dormentes. A pele se torna branca como uma rua coberta de neve. Da mesma cor que elas, branca como um zumbi mantido vivo pelo sangue de outra pessoa.

Compreendo agora o que já devia ter notado antes. Percebo na expressão eletrizante dos olhos mortos, no ranger dos dentes afiados capazes de partir até ossos. Cantos de morte e desaparecimentos. Maquiagem que tenta esconder a palidez cadavérica. Porém, nada além disso, não agora que matei a charada. É como se um botão tivesse sido ligado dentro delas.

As pupilas começam a brilhar como ferrugem por trás do tom azul eletrizante.

A pele perfeita de porcelana começa a ficar marcada por várias irritações.

Seus lindos rostos se transformam em máscaras distorcidas como nos meus pesadelos.

— Não... não... não — gaguejo, sem conseguir falar ou pensar com clareza ao lutar para ficar de pé. Morgan me ataca com a boca aberta e mãos como se fossem garras. É tão rápida quanto a imagem borrada de um filme acelerado. Ela golpeia a cadeira de plástico, deixando um talho onde meu rosto estava há um instante.

Todas tentam me pegar, mas consigo escapar de seus braços mortos, cheios de veias finas que ficam ainda mais destacadas por causa da raiva. Trocam rosnados e grunhidos em vez de palavras enquanto corro para a porta. No pânico, os dedos deixam a maçaneta escapar. Ela escapa de novo e começo a gritar ao se aproximarem, porque sei que, se não fugir antes de ser capturada, não vou sair daqui viva, não sem antes me tornar uma delas.

Meredith deixa cair o jarro de suas mãos e o vidro se espatifa em uma chuva de cacos. O sangue respinga em minha perna e perco um segundo olhando para ele. Tempo suficiente para Meredith pegar meu braço e torcê-lo atrás das costas, numa repentina pontada de dor.

— Você não vai sair — ela rosna com uma voz forte. Perco o fôlego quando meu corpo é pressionado contra a parede. Sinto na pele o calor de sua boca. O cheiro de velhas feridas gangrenadas me dá ânsia de vômito quando Meredith respira perto de mim. — Ou você é uma de nós ou um deles.

Aperta meu corpo com mais força contra a parede, esmagando os ossos do rosto. A bochecha é esfregada contra um pedaço de papel, borrando a pele com a tinta dos nomes que foram cortados. O último nome da lista é o de Diana. Uma fina linha vermelha passa pelas letras e me provoca calafrios, porque sei o que isso significa sem precisar que me digam.

Elas a mataram.

Elas mataram todo mundo.

O sangue dentro delas é o sangue roubado das casas vazias. As pessoas rejeitadas foram reutilizadas e renascidas dentro de seus corpos. É isso o que Meredith quer dizer com ser um deles. Parte do suprimento de sangue.

Lukas estava certo sobre tudo o que disse. Maplecrest não é uma cidade fantasma, é um cemitério.

Sinto o vômito subir pela garganta quando grito para Meredith me deixar em paz. Imploro porque descobri como planejam me tornar uma delas. Vão me infectar com sangue doente para que eu possa ajudá-las a matar e me alimente das outras pessoas, até que a cidade inteira esteja livre de qualquer um que não seja igual a elas.

— Por favor — imploro, repetindo as palavras sem parar até que eu chore e o pedido fique fraco demais para valer qualquer coisa.

Maggie se aproxima, devagar e com cuidado, porque está me caçando. Passa a língua nos dentes como um animal prestes a comer. E quando fala, a voz sai gutural, como alguém sendo estrangulado. É a voz do ódio, da morte, que diz que agora só sirvo como peças sobressalentes.

O coração se debate dentro de mim como um pássaro enjaulado. Seu grito corre pelas veias, querendo fugir. Lutar. Correr. Fazer o que for preciso para sair daqui porque não quero morrer. Consigo pegar a estante de metal ao lado com a mão livre e puxo com força, ignorando a dor no braço preso nas costas.

Meredith me larga, horrorizada ao ver que a estante começa a ranger e se inclinar. A dor forte no ombro e cotovelo diminui quando ela me solta para tentar evitar que a estante vire e derrube os recipientes.

Todas as outras animadoras avançam para ajudá-la, porque o sangue é mais importante do que eu. É o que as mantém lindas e evita que sejam apenas cadáveres podres que não morrem. É também o que vai salvar a minha vida.

Corro para o vestiário enquanto um coral de vidro quebrando ecoa pelo ar como um tiroteio atrás de mim. O mesmo acontece com as garotas que estavam do lado de fora esperando pela minha transformação. Suas belas feições apodrecem diante dos meus olhos, elas rosnam como cachorros enquanto passo voando.

Consigo chegar ao corredor graças às reações lentas das meninas. Grito para que alguém me ajude. Mas estou na verdade gritando por Greg, correndo para o vestiário masculino e chamando seu nome.

Não é Greg que abre a porta e sim um deles. Um zumbi com manchas de ferrugem ao redor dos olhos azuis eletrizantes. Igualzinho às animadoras de torcida, só que maior, mais forte e agressivo. Enquanto corro pelo ginásio em direção à saída, fico pensando se Greg sempre foi um deles, se esteve disfarçado o tempo todo. Sei que o uivo inumano que ecoa pela escola atrás de mim é o som da minha sentença de morte.

A neve desce como estática em câmera lenta na televisão, suspensa no ar por um instante antes de cair. É tão lindo correr por ela que quase esqueço o horror à minha volta. Um horror que me segue a alguma distância à medida que as paredes de tijolos da escola vão ficando menores.

Minhas meias estão ensopadas.

Perdi a sensibilidade nos dedos dos pés, mas não paro.

Corro mais rápido.

Não corro para nenhum lugar específico, apenas corro, sabendo que fugiria para o fim do mundo se pudesse. Mas as dores no meu abdômen me lembram de que não posso. Os pés cortados pelo vidro quebrado me dizem que tenho de chegar a algum lugar, que preciso parar de correr em breve.

A neve úmida faz o descolorante escorrer para os olhos. As bordas do campo de visão parecem estar derretidas. Limpo a vista, mas as montanhas ainda continuam fora de foco.

Abaixo-me e encho a palma da mão de neve para lavar os olhos. Pisco até que estejam limpos. O efeito do produto químico ainda me faz ver um arco-íris em volta das árvores. Estou meio cega, mas consigo enxergar o suficiente para distinguir a placa da rua com o endereço que conheço.

Fico de pé e começo a correr novamente.

Só dou alguns passos antes de ser agarrada por trás. Os gritos que saem dos meus pulmões parecem com o som de um bebê guinchando tão alto a ponto de ficar vermelho. Berro na expectativa de sentir dentes furando a pele. Dentes que não chegam. Ouço apenas um sussurro como uma cantiga de ninar soprada pelo vento.

— Hannah! Sou eu. Está tudo bem.

As mãos contra a minha barriga passam a segurança de ser alguém vivo. Agarro com força, viro e o abraço.

Lukas não pergunta o que há de errado e nem o que ocorreu. Ele me deixa chorar por um minuto em seu casaco onde o pesadelo pode ser engolido, permitindo que o medo diminua o suficiente até que eu recupere a fala.

— Aconteceu do jeito que você disse.

— Eu sei — Lukas fala. — Estava esperando do lado de fora do vestiário.

Quero pedir desculpas e dizer que deveria ter escutado e acreditado nele, não importa como tudo parecesse loucura. Se tivesse confiado em Lukas, nada disso teria acontecido. Mas não tenho chance de dizer nada porque sou interrompida por um uivo selvagem vindo do centro da cidade.

— Temos de ir — ele diz olhando sobre o ombro. — Eles virão atrás de você assim que reunirem todo mundo. Vai ser para valer, e vai ser rápido.

Ele começa a me levar para o bosque, mas recuo.

— Espere! Tenho de passar em casa — digo. Percebo por sua expressão que não achou uma boa ideia. — Se não, a gente não vai muito longe. — Aponto para os pés, nos quais o sangue tingiu as meias de vermelho, deixando pegadas cor-de-rosa na neve da calçada de onde vim.

— Ok, mas temos de nos apressar — Lukas fala, já começando a tomar a direção da minha casa.

A neve começa a cair mais rápido enquanto corremos pela calçada. Ela faz peso sobre os galhos dos pinheiros e cobre o chão e a rua. As casas vazias são envolvidas por um frio que combina com seus interiores gelados como a morte. Os flocos de neve disfarçam tudo da mesma forma que Maplecrest se esconde do resto do mundo.

Dobramos a esquina e subimos correndo a entrada da garagem, deixando dois rastros de pegadas na neve. Mas as nuvens estão cada vez mais carregadas, e os flocos caem com mais intensidade. Devem cobrir a trilha, mas talvez não rápido o suficiente — dá para ouvir um grupo se aproximando nas redondezas.

— Estão nos alcançando — digo. Tento abrir a porta da frente, mas está trancada. Forço e empurro, mas ela não cede. — A chave... ficou na mochila — grito em pânico.

Lukas tenta uma vez, mas ainda assim a porta não abre. Ele sai da varanda e pega uma pedra no jardim. Antes que eu imagine o que pretende fazer, Lukas atira a pedra pela janela da frente.

Cubro a boca, surpresa, quando a janela se estilhaça como fogos de artifício.

Sem vacilar, ele sobe e dá a volta para destrancar a porta por dentro.

— Anda — Lukas fala, observando a rua em busca de algum sinal de visitantes. — Pega o que precisa e vamos embora!

Minha mente está tão bagunçada quanto o meu quarto, com roupa jogada por todos os lados. Quanto mais depressa tento encontrar alguma coisa, mais devagar me movo. Reviro tudo à procura de um par de tênis ou um casaco, porém não vejo nada do que preciso. Lukas grita por mim da porta da frente. Acho que estou ficando maluca. Coloco as mãos nas têmporas e aperto os olhos tentando me concentrar.

O cheiro forte de descolorante nos dedos me desperta, e lembro o que preciso fazer.

Preciso colocar a mente no lugar.

O par de tênis que procuro está bem na minha cara. Calço os pés feridos e ponho um gorro de lã na cabeça para não ficar cega outra vez. Finalmente, pego o casaco jogado na cama e ouço passos pesados vindo pelo corredor.

Lukas está parado na porta enquanto tento enfiar os braços nas mangas.

— Pronta?

— Sim, estou pronta — digo e passo por ele no corredor.

Luzes vermelhas e azuis brilham pela porta aberta, interrompendo meu movimento como se eu fosse um cervo assustado por faróis na estrada à noite. As cores tomam conta da sala, refletidas pelos cacos de vidro da janela quebrada. Do lado de fora, elas batem sobre o metal quente do carro de polícia estacionado em frente à minha casa.

Os largos ombros do xerife atravessam a porta ao dar um passo dentro da casa. A mão está no cinto, perto da arma.

— Vai a algum lugar? — fala e tira os óculos para me encarar com olhos cor de ferrugem de alguém que já morreu.

O xerife Turner estende a mão como se viesse em meu resgate.

— Você precisa vir comigo. Não há necessidade de criar caso — ele diz. — Somos a sua família agora.

Cubro os ouvidos para não ouvir sua voz.

— Você não é minha família — grito.

O xerife dá uma risada como o som de uma metralhadora que sinto reverberar nos meus ossos.

— Verifiquei seu passado antes de ser recrutada por nós — ele fala. — Você é a candidata perfeita para a nossa comunidade. Atlética. Bonita. Deseja ser popular. E, mais importante, não tem família exceto seu pai. Mas não se preocupe... estou vendo um jeito dele se juntar a nós também.

— Me deixa em paz! — berro.

Lukas pega meu braço e diz para não escutar o que ele fala, me puxando em direção à porta de correr da cozinha enquanto as botas do xerife andam sem serem vistas, se aproximando sem levantar os pés.

— Sempre um pentelho, hein? — o xerife diz para Lukas. — Não devia ter deixado você voltar para casa naquela noite. Teria já me livrado da sua existência se não imaginasse que isso pudesse assustar nossa nova animadora de torcida aqui. Mas agora é dispensável. Talvez o que restar de você sirva para o time de futebol americano.

— Vai se ferrar! — Lukas rosna.

— Se quiser, podemos usar o sangue dele no seu namorado — o xerife fala para mim. — Isso tornaria tudo mais fácil para você? — Ri ao dar a sugestão, debochando da nossa cara ao pensar no que vão fazer conosco. A risada parece uma arma ressoando no meu ouvido enquanto tento me lembrar de respirar.

Uma rajada de neve entra pela janela quebrada junto com o eco da marcha dos zumbis. Vejo uma multidão virando a esquina. Alguns estão vestidos como animadoras de torcida e jogadores de futebol americano, outros como as pessoas que trabalham nas lojas, na lanchonete, na farmácia e na nossa escola. Cubro a mão com a boca para o xerife não ouvir a minha comoção.

— A cidade inteira? — murmuro para mim mesma.

— A cidade inteira.

— E nós também se não sairmos agora! — Lukas me diz.

O vento frio toma conta da cozinha quando ele abre a porta. As primeiras figuras começam a subir a entrada da garagem. Vejo Maggie na frente, com marcas de dedos sujos de sangue no rosto. E Meredith também. Sua pele tem pequenos arranhões que não sangram e apenas deixam uma inflamação rosa. Atrás delas, noto a Sra. Donner e a moça de olhos esbugalhados da farmácia. A garçonete simpática da lanchonete e o técnico Johnson, além de outros professores também. E então o vejo. Greg. Andando ao lado dos demais com uma expressão igual, os mesmos olhos fantasmagóricos e dentes afiados como os de um gafanhoto que quer devorar meu rosto.

Percebo que ele fazia parte do plano o tempo todo, que era a isca para me atrair. Popularidade e um namorado popular em troca da minha vida. E eu caí nessa. Caí de amores por ele.

— Não — sussurro para mim mesma, atordoada e passando mal do estômago. Não acredito que beijei um zumbi! Não acredito que coloquei a língua na boca de um cadáver e que comecei a me apaixonar por ele de verdade.

Lukas me puxa em sua direção e tropeço antes de começar a correr. Não há tempo para pensar sobre nada disso. Não é hora de tentar compreender. Ouço a multidão entrando em casa, subindo pelas janelas e passando pelas portas. Eles também estão dando a volta por trás enquanto cruzamos o quintal e corremos para o bosque. Os zumbis mantêm o passo, jamais correm, mas nunca diminuem o ritmo. É uma marcha determinada, constante, que não vai parar até que nos alcancem.

— Conheço um lugar que a gente pode ir — diz Lukas.

Sigo atrás dele, ignorando as folhas de pinheiro que arranham minhas canelas nuas. Olho para trás e vejo o espaço entre nós e quem nos persegue. Noto o xerife parado na porta dos fundos da minha casa, deixando que os outros passem e que façam o serviço sujo para ele, enquanto fica de braços cruzados me assistindo correr.

— Elas não vão se cansar — falo. — Eu as vi no treino, elas nunca se cansam. — A ideia me assusta porque já estou respirando com dificuldade. As dores abdominais também voltaram, apesar de eu achar que haviam sumido.

Começo a ficar para trás, e Lukas pega a minha mão. Alcanço sua velocidade e as árvores passam voando. O bosque inteiro parece se mover por nós. Os troncos abrem espaço e as rochas rolam para fora do caminho. Não sinto mais a dor nos pés nem o frio nas bochechas. É como se a natureza estivesse facilitando a nossa vida e quisesse que ganhássemos. E, pela primeira vez, sinto que talvez a gente sobreviva.

A sensação desaparece assim que chegamos ao topo do morro, onde, como se fosse uma lápide, fica um prédio velho decadente com paredes de tijolos. É a nossa lápide: o sol está caindo, desaparecendo atrás das montanhas enquanto as nuvens ficam escuras com a chegada da noite.

Levanto as sobrancelhas, boquiaberta, sem poder acreditar.

— Aqui? Era onde você queria que a gente viesse?

— O quê? — diz Lukas.

— O quê? Se por acaso eles não nos alcançarem, este lugar vai nos matar de qualquer maneira quando desabar!

— Não, não vai. Confie em mim — ele fala. — Já estive nesta velha fábrica milhares de vezes. Tem um lugar para a gente se esconder.

Levo as mãos ao rosto e começo a roer as unhas.

— Não sei — digo ao olhar para o prédio que parece tremer de frio. Lukas já está passando por um trecho desmoronado da parede. Atrás de mim é possível ouvir os gravetos estalando. Consigo sentir um exército de olhos cor de ferrugem observando através da escuridão enquanto os zumbis sobem o morro.

— Vamos, confio em você — falo mais para mim mesma do que para Lukas, porque ele já sumiu no interior da fábrica decrépita.

DEZESSEIS

Há um buraco no teto que deixa entrar a neve e os últimos resquícios do crepúsculo. Vejo Lukas nas sombras, tentando arrastar um tambor de metal enferrujado, arranhando o cimento com um ruído estridente e irritante. Alguns pássaros, despertados pelo barulho, saem de seu refúgio e fogem pelo telhado, a silhueta de asas delineadas contra as nuvens.

Abro os braços numa imitação simbólica. Daria tudo para pegar emprestada sua magia por apenas uma hora. Rezo para que surjam penas de meus braços magros e que o vento me leve até a salvação atrás das montanhas, onde os zumbis nunca me seguiriam.

— Não vai me ajudar não? — diz Lukas, sem fôlego.

Abaixo os braços e afasto da mente o sonho de voar.

— Não sei o que está tentando fazer — respondo. — Nem sei o que a gente está fazendo aqui!

Olho ao redor do pequeno depósito onde nos trancamos. As paredes estão rachadas e cobertas de teias de aranha. Não vão resistir por muito tempo à fúria assassina daquelas criaturas. Já vi a força que elas têm, vão conseguir entrar rapidinho.

— Só... me ajuda — Lukas gagueja, evitando gritar ou perder a calma. — Precisamos juntar estas coisas — explica em um tom mais sereno.

— Por quê? — pergunto ao começar a arrastar os tambores pesados para o centro do depósito. A poeira acumulada nas laterais sai nas minhas mãos e a luz vinda do teto ilumina um adesivo desbotado com o desenho de uma chama. — O que tem aqui dentro?

— Algum tipo de gás — responde Lukas. — Faziam alguma coisa com isto aqui há muito tempo. Sobraram esses poucos tambores, que estão neste lugar há uma eternidade.

Os primeiros sinais de que temos visitas podem ser ouvidos do lado de fora das paredes. Sinto o chão vibrando por causa da marcha de seus passos. Partículas de poeira descem junto com os flocos de neve, à medida que o edifício vai se desfazendo.

Lukas ignora a situação e continua a empurrar os tambores para o centro do depósito. Mas não consigo fingir que os zumbis não estão lá fora, nem que estamos seguros aqui. Pego em seus ombros e deixo que veja meu olhar transtornado.

— Para! Para! — grito. — Temos de sair daqui!

— NÃO! Preste atenção! — ele diz —, precisamos deixar que entrem.

— Você ficou maluco? O que está dizendo?

Lukas enfia a mão no bolso e puxa um pedaço de papel dobrado.

— Isto! É isto o que estou dizendo — diz ao desdobrar uma página arrancada de um gibi, que mostra uma horda de zumbis cercando uma garota tão assustada quanto eu. — É assim que eles caçam. Em grupo. Todos vão se enfiar aqui para pegar a gente.

— Ah, por que não falou antes? Já me sinto mais segura — rosno para ele. — E depois, o que acontece? Isto aqui? — pergunto, apontando para o verso da página rasgada, que mostra o corpo da menina sendo dilacerado e aberto ao meio, os órgãos saindo para fora. Há marcas de dentes nas áreas expostas dos braços.

Lukas me responde abrindo a válvula de um dos tambores. O gás vaza com um assobio silencioso e deixa o depósito fedendo a leite estragado.

— Temos de abri-los. Eles não sentem o cheiro do gás.

— Você leu isto também?

— Quer levar a sério? — ele dispara.

— Achei que estava levando — digo. — Você é que está usando um gibi de horror idiota como manual de sobrevivência.

Lukas balança a cabeça, pedindo de novo que confie nele. Mas já estou confiando a minha vida; não é o suficiente para o período de um dia só?

— Olha — ele diz, tentando me acalmar enquanto pula como um coelho de tambor em tambor, abrindo as válvulas com mãos hábeis —, assim que todos entrarem no prédio, a gente só precisa acender e explodir o gás. —

Mostrando-me o isqueiro que trouxe por via das dúvidas, me fala que planejou isso há muito tempo, desde depois que Alison foi transformada.

— Explodir? E a gente? — pergunto com a voz trêmula. As mãos tremem também, porque tudo parece tão definitivo. Tão real. Matar ou morrer começa a parecer real. — Como *nós* escapamos?

— Por ali — aponta. — Aquela escadaria leva ao porão. Tem uma saída por lá. Só temos de resistir a eles até o depósito encher de gás e, então, corrermos antes que o edifício venha abaixo.

— E como você sabe se vai dar tempo?

— Não sei... mas acho que a gente não tem escolha.

A porta do depósito começa a tremer ao ser martelada por punhos do outro lado. Lukas corre para lá, empilhando contra a porta o que consegue encontrar pela frente. Um armário vazio, uma cadeira quebrada, qualquer coisa que possa atrasá-los, enquanto me apresso em abrir o restante das válvulas, que assobiam o som de um futuro explosivo.

A porta não é o único lugar por onde eles tentam entrar. Há um tremor por trás de todas as finas paredes do depósito, uma batucada como a banda da escola durante os jogos de futebol americano. Uma chuva constante de punhos que ameaçam invadir. Uma ameaça cumprida quando vejo a primeira mão atravessar a argamassa.

Olhos vazios me encaram, alucinados com a expectativa de saborear sangue. Outra mão rompe a parede. Um rosto pálido pulsando com veias azuis tenta me pegar, rosnando como um animal enjaulado.

— LUKAS! — grito.

— Corre! — Ele berra, segurando a porta que está entreaberta. Vários braços entram pela fresta. Um deles está usando a manga marrom de um policial, com a insígnia de xerife costurada na lateral.

— Não vou sozinha!

Não vou abandoná-lo aqui.

Não vou deixá-lo com esses animais.

Lukas percebe que não vou sair sem ele, então solta a porta, que abre com um golpe violento. Ele corre até mim, empurrando-me para que eu corra também. Olho para trás assim que alcançamos a porta do porão. O xerife entra lentamente dentro do depósito, com o que parece ser uma centena de zumbis atrás.

Os tênis pisam nas poças d'água do porão. Vejo o brilho do anoitecer pela passagem à frente e continuo correndo na direção dela enquanto Lukas fica para trás. Ele está tentando bloquear a próxima porta no caminho dos zumbis, o último obstáculo antes de sermos dilacerados. É a única entrada, porque nem eles são capazes de atravessar paredes de concreto.

Lukas passa o ferrolho, o que vai nos deixar seguros por pelo menos alguns minutos.

— Vamos, a gente tem de colocar fogo do lado de fora — diz, dando um passo à minha frente, em direção à saída.

A porta é uma promessa de liberdade. Porém, antes mesmo que Lukas gire a maçaneta, ela é aberta pelo lado de fora, de onde a silhueta de Maggie aparece como um monstro do pesadelo de uma criança. Só se veem algumas mechas de seu cabelo louro em torno das sombras.

— Nós não encerramos o nosso assunto, Madison — ela rosna. — Só acaba quando eu digo que acabou. — A voz sai distorcida e horrível. Quando vira o rosto para a luz, vejo a pele de porcelana marcada por feridas rosasas. Isso aconteceu com todas elas, as belas animadoras de torcida se tornaram belos zumbis. E também Greg, seu rosto juvenil ficando cada vez mais desfigurado.

Quanto mais precisam se alimentar, mais a beleza desaparece.

Outro sintoma da doença da morte.

Lukas avança contra Maggie, tentando derrubá-la e abrir caminho, mas ela nem se mexe. Quando se chocam, é ele que leva a pior. As mãos de Maggie pegam seus ombros, e mesmo com as batidas fortes atrás de mim consigo ouvir os ossos de Lukas sendo esmagados como se estivessem em um torno.

Cubro o rosto com as mãos ao vê-lo ser jogado de lado como um cãozinho estrangulado.

— O que você quer? — Minhas palavras saem baixas e abafadas, assustadas e interrompidas pelo choro. Ouço Lukas sofrendo em silêncio pela dor dos ossos quebrados.

— Você ainda pode ter tudo — Maggie diz, dando passos nas poças d'água em minha direção. — Vai levar apenas um segundo. Será popular e linda para sempre.

— Linda? — grito. — Olhe pra você! Não é linda! Nenhuma de vocês é linda!

Velozes como um raio, suas mãos pegam uma mecha de cabelo que saía do meu gorro. Ela puxa com força, e o meu pescoço se dobra enquanto caio de joelhos na água suja.

— Vai levar apenas um segundo — rosna. — Você mal vai sentir.

Pegando com mais força, Maggie estica minha pele até que sou forçada a inclinar o pescoço para trás e encará-la. Agarro seu pulso para evitar que arranque o meu couro cabeludo. A dor escapa pela respiração acelerada, enquanto meu coração pulsa de medo, batendo no ritmo dos punhos que socam a porta de metal, aqueles animais tentando entrar de qualquer jeito.

Maggie não precisa da ajuda deles, porque estou indefesa.

Incapaz de impedir que ela termine o que quer fazer comigo.

Ela leva a outra mão até seu pescoço e inclina a cabeça. Enfia as unhas na pele pálida e puxa com violência, como uma navalha, abrindo quatro cortes vermelhos que vão da orelha à base do pescoço. O sangue escorre de cada um deles como vermes saindo de um cadáver.

— Bastam algumas gotas para transformá-la — ela diz. — Meu sangue vai contaminar o resto do seu. Vai consumir a menina ridícula que você chama de Hannah e apagá-la completamente. Então, você vai se tornar algo mais perfeito, como nós. Mais forte. Mais bonita. Melhor.

Balanço a cabeça, mas Maggie puxa o cabelo com mais força e dobra o meu pescoço para trás como se eu fosse uma marionete. Sinto seu hálito quando ela se aproxima com o sangue pingando das feridas a centímetros do meu rosto. Fecho a boca, mas Maggie pega meu queixo e espreme as bochechas, deslocando os dentes e me forçando a abrir a boca novamente.

— Não fique tão nervosa — fala. — Você vai gostar. Finalmente terá tudo o que sempre quis. Você vai ser adorada.

Tento gritar, mas minha mandíbula está presa por seus dedos e a língua não consegue emitir nenhum som sem que eu possa mexer a boca.

Tudo fica escuro quando seu cabelo cai no meu rosto.

Sua bochecha roça minha boca aberta como uma cobra deslizando sobre areia. Os lábios descem pela maçã de seu rosto até chegar à mandíbula e tocar o pescoço. Prendo a respiração na expectativa de sentir o gosto quente da doença prestes a entrar em mim... e me matar.

Uma rajada de vento interrompe tudo isto.

O som seco de metal batendo em osso.

O golpe desce pela coluna de Maggie e faz sua mão tremer, transmitindo a vibração para o meu corpo antes de me largar. Ela me solta cedo demais, enquanto ainda estou limpa... enquanto ainda sou eu.

Abro os olhos e vejo Lukas atrás de Maggie.

O cano em sua mão tem manchas de osso e cabelo descolorido. Ele a golpeou com as últimas forças dos músculos devastados de seus ombros. Foi o suficiente para abrir um talho atrás da cabeça de Maggie que a impede de se levantar.

Lukas faz uma nova careta de dor e deixa a arma cair na água parada ao redor dos tornozelos. Fico de pé o mais rápido possível e corro em sua direção, pegando-o pela cintura antes que seu corpo inerte se desfaleça.

Arrasto-o pela água, descansando no pequeno lance de degraus que leva à porta aberta e dá para um novo mundo, branco e seguro como a neve que o cobre. Fico atrás de seu corpo e passo os braços por baixo dos dele, como os bombeiros fazem quando retiram pessoas de carros em chamas. E, de degrau em degrau, juntos vamos para a salvação.

Mas ela está mais distante do que o toque da neve cadente.

A salvação não está na porta trancada que cede diante de canibais enfurecidos, nem nos ossos quebrados do crânio aberto de Maggie. Porque os mortos-vivos não morrem como deveriam. Só morrem quando são destruídos, quando toda a vida que lhes resta é consumida pelo fogo. Assim sendo, Maggie se levanta antes que a gente chegue onde quer que a salvação esteja.

Faço um esforço para puxar Lukas pelo último degrau e passar pela porta enquanto ela se arrasta pela sujeira. Está machucada, mas ainda é perigosa e mortal. Seus olhos revirados mantêm o brilho de ferrugem tóxica, e os dentes continuam afiados ao sorrir. Seus punhos se fecham no tornozelo de Lukas com a força de uma armadilha para animais.

— Você pode me assistir devorar seu amigo — ela rosna. — Uma pequena prévia do que irá curtir em breve.

A pele do tornozelo de Lukas sai como se fosse a casca de uma fruta madura, e não há nada que eu possa fazer para impedir. Não importa o quanto puxe, o corpo dele não se mexe. E quando Lukas encara meus olhos, fica claro para nós dois que não posso salvá-lo.

Seus dedos entram em minha mão no momento em que Maggie se prepara para dilacerá-lo da mesma forma como aconteceu comigo nos sonhos. Começo a chorar de um jeito que não faço desde criança e sinto o isqueiro passar da mão de Lukas para a minha. Finalmente percebo algo que deveria ter notado naquele dia no refeitório quando ele me olhou pela primeira vez. Vejo que Lukas é bom e que se importa comigo. E quando me diz para correr, sei que vai morrer por minha causa.

A pele ao redor de seus olhos fica rosa.

As pupilas brilham com a cor do céu antes de ganharem um tom de ferrugem.

Sua mão cai em câmera lenta como a neve ao redor do meu rosto enquanto recuo. Limpo os olhos que não param de se encher de lágrimas. Balanço os braços para me livrar do casaco, chorando. Puxo o suéter pela cabeça, deixando apenas uma camiseta para me proteger. A chama toca o *M* e faz o tecido queimar enquanto corro em volta do prédio.

O suéter sai da minha mão e alça voo. Cruza o céu da noite como uma estrela cadente. Faço um pedido para que aconteça o pior no momento em que o ar começa a pegar fogo. Uma faísca acende outra até eu ficar cega por uma explosão tão intensa como se o sol tivesse aterrissado na floresta.

Levado pelo deslocamento de ar, meu corpo cai na neve com a suavidade do pouso de um anjo.

Quando abro os olhos, estou cercada pelo calor de corpos queimando, cadáveres de pessoas que estavam mortas há muito tempo. Observo o círculo de chamas onde o prédio esteve. É inevitável notar a beleza do fogo em conjunto com a neve que cai do céu. Vejo as labaredas subirem umas nas outras, disputando qual delas será a primeira a tocar o firmamento.

E assisto aos tijolos caindo como flocos de neve.

Desabando aleatoriamente.

Soterrando os monstros presos lá dentro.

Quase desejo que pudesse ouvi-los sufocando no ar em chamas. O som dos zumbis morrendo seria a música mais linda jamais cantada pelo vento. Guinchando na tentativa de fugir pelas paredes rachadas até perder o fôlego sobrenatural, dando o último suspiro.

— M!

— O!

— R!

— T!

— E!

— MORTE!

— MORTE!

— MORTE!

Grito a plenos pulmões e bato os pés no ritmo. A boca se mexe de forma mecânica até que as palavras perdem a força e começam a sair cortadas.

Sento na neve e começo a chorar como queria fazer há horas, até o nariz escorrer e o vento congelar as lágrimas no rosto, até ensopar as roupas e a pele ficar vermelha, com o corpo tremendo e lutando contra o frio.

Faço um esforço para ficar de pé.

— Vai embora, Hannah — digo para mim mesma ao ouvir sirenes do outro lado do morro. Não sei se há mais zumbis na cidade chegando para ajudar os outros. Para acabar comigo. Só sei que não quero ficar aqui para descobrir, nem permanecer mais um segundo sequer neste lugar.

Passo pelo carro de polícia abandonado pelo xerife, com o motor ainda ligado e as luzes girando silenciosas, seu brilho sendo consumido pelas chamas. Passo pela porta do porão de onde escapei, mas ela não está mais lá. Foi substituída por uma pilha de tijolos, como todo o resto do depósito.

Volto para o ponto do bosque de onde nós viemos. Lukas e eu. Porém, estou sozinha para seguir o luar de volta para casa.

Tomo distância do barulho dos carros de bombeiro. Vou para longe do calor da explosão, entrando no frio das árvores, vestindo sua escuridão protetora.

Presto atenção na forma como os galhos cruzam o caminho, cortando a visão como vão fazer com meus braços nus. Fico concentrada nas sombras que se alongam por causa da claridade atrás de mim. Fico atenta a qualquer coisa que mantenha minha mente limpa como as nuvens que cobrem a lua. Qualquer coisa que não me faça pensar em Lukas e em como o deixei morrer no meu lugar.

A neve já cobriu os rastros das pegadas dos zumbis no quintal e apagou qualquer indício da perseguição. Sumiram como as vítimas que moravam nas casas vazias de cada rua. A janela quebrada na sala da minha casa e as marcas de sapatos sujos de lama no chão da cozinha são os únicos sinais de que algo aconteceu aqui.

Ignoro tudo isso e fecho a porta da frente.

Puxo a cortina para impedir a corrente de ar.

Arrasto os pés pelo chão molhado até o banheiro e abro a ducha quente. Não me dou ao trabalho de tirar a roupa antes de entrar no chuveiro. A água me lava e restaura a circulação de meus pés e mãos, um formigamento que restitui meus sentidos.

Encostada nos azulejos, vejo meu reflexo no espelho. Meu rosto perdeu a cor, assim como meu cabelo. Pareço mais um zumbi do que eu mesma, mais morta do que viva. Vou escorrendo devagar pela parede até ficar sentada na banheira.

O telefone toca no corredor.

A voz do meu pai na secretária eletrônica me diz que ficou preso no serviço e que não vai voltar hoje à noite como planejava, e sim amanhã de manhã. Seguro os joelhos junto ao peito, apoio a cabeça nos braços e fecho os olhos.

Amanhã tudo isso vai passar.

Amanhã.

DEZESSETE

Abro a porta da frente e fico na varanda de camisola. Não me lembro de ter dormido ou acordado, mas, em algum momento, a noite virou dia e eu nem percebi.

O sol já derreteu a neve do asfalto. A água pinga do telhado e corre pela calha, parecendo o pio de passarinhos.

Vejo o carro vindo devagar pela Walnut Cove. O barulho familiar do motor desregulado me conforta. As manchas de ferrugem na pintura lembram bichos de pelúcia cheios de pintinhas. E não me envergonham mais como tantas outras vezes em que eu estava sentada no banco do carona. A cada cidade que a gente chegava, as manchas eram como olhos roxos, cicatrizes que mostravam como somos pobres e como eu não pertencia à turma do pessoal que tinha de tudo. Mas não ligo mais para essas coisas. Nada disso importa porque, quando vejo meu pai estacionar o carro na garagem é como se a vida recomeçasse, como se as coisas fossem um pouco normais.

Ele acena para mim da janela do carro e eu corro para encontrá-lo. Passo descalça pelo cimento molhado, sem me importar com o frio que deixa os dedos vermelhos e reabre os cortes nos pés. Corro como em uma cena de filme em que sobreviventes avançam em direção ao resgate, e abraço meu pai antes que consiga se equilibrar, e ambos caímos contra o carro.

— Também estou contente em ver você — meu pai diz, rindo.

Enfio ainda mais o rosto em seu casaco e aumento a força do abraço. Ficamos tanto tempo juntos que o vapor da nossa respiração sobe e se junta às nuvens. Pressiono a face contra ele com tanta intensidade que tudo fica escuro, e desejo que pudesse me esconder ali para sempre.

Meu pai me solta e abre os braços para dizer que posso largá-lo. Afasto-me um pouquinho e olho em seus olhos. Vejo meu reflexo o observando. Noto minhas olheiras por ter ficado acordada a noite inteira encarando os azulejos do banheiro e a falta de cor dos meus cabelos e do meu rosto. O reflexo é o de Madison, e me dou conta de como estive perto de me transformar nela.

— Está tudo bem? — ele pergunta, franzindo a testa ao olhar direito para mim pela primeira vez. — O que você fez com o cabelo? — Seus dedos tocam as mechas louras, tão mortas e frágeis como quem as deixou assim.

Passei a manhã inteira pensando em como contaria o que aconteceu, mas não sei por onde começar. É loucura tentar dizer tudo o que saiu errado. Então falo a única coisa que faz sentido para mim.

— Você se atrasou.

Ele ri de novo e repete o que fala há anos: que tem horas que não sabe quem é o pai e quem é a filha. Normalmente eu responderia com grosseria, dizendo que a dúvida surgia porque os pais não deviam deixar as filhas adolescentes por conta própria por quase duas semanas. Mas me dou conta de que certas coisas não importam mais. Uma delas é ficar brava com ele por algo que não pode ser mudado. Então fico calada, tremendo de frio.

Meu pai se inclina no banco de trás para pegar as malas. Não paro de olhar ao redor, procurando por estranhos nos observando, por espiões escondidos que estejam nos estudando e caçando, aguardando o momento certo de atacar. Meu estômago me avisa que não acabou. Posso sentir. Sei que há mais deles soltos por aí, à espreita nas janelas de cada casa vazia, esperando para tomar o lugar daqueles que queimaram no fogo.

— Teve uma confusão na cidade — meu pai diz.

Não deixo que termine.

— Pai, a gente precisa ir embora. — O pavor em minha voz é novo, é o medo de ser descoberta, de saber que perceberam que não morri e que matei os outros.

Meu pai dá o sorriso confiante de sempre quando acha que estou exagerando.

— Não há nada com o que se preocupar. Foi só um acidente em uma velha fábrica. — Ele vem até mim e coloca um braço de leve no meu ombro, dizendo que aconteceu apenas um incêndio e que ninguém se machucou.

— Ninguém se machucou? — pergunto, temendo que um exército de animadoras carbonizadas e vingativas surja marchando na rua atrás das sirenes da polícia.

— Foi o que o xerife adjunto me disse. Mas acabaram tendo de cancelar o jogo da escola por causa disso. Ele falou que os bombeiros foram obrigados a usar o estacionamento como base.

— Adjunto?

— Sim, esta é a outra boa notícia. Parece que abriu uma vaga no departamento de polícia. Acho que estão procurando por um novo xerife e, assim que falei das minhas qualificações, o adjunto me disse que eu deveria me candidatar. É possível que volte a ser um policial. Não seria ótimo?

— É — murmuro, distraída demais ao tentar entender o que está acontecendo para discutir.

Aos poucos, as peças se encaixam. O que o xerife adjunto disse para o meu pai sobre ninguém ter se machucado é uma mentira, assim como a desculpa sobre o jogo. Não vai ter partida hoje porque não existe mais time. Não há xerife porque ele estava naquele prédio. Estão mentindo para acobertar a verdade porque eles sabem o que os demais eram. É impossível que não saibam, ou estariam fazendo perguntas para descobrir o que aconteceu com todo mundo, os novos desaparecidos de Maplecrest.

Talvez já tenham sido substituídos.

Talvez nada tenha mudado.

Talvez ainda me queiram. Talvez, se meu pai for o novo xerife, eles pensem que vão conseguir me transformar na nova Maggie.

— Pai, me escuta — imploro. — Você não pode aceitar esse emprego! A gente precisa sair daqui! — Começo a puxá-lo para dentro de casa, dizendo que vou pegar minhas coisas e que estarei pronta em poucos minutos para ir embora, que temos de partir antes que seja tarde demais.

— Hannah, o que deu em você?

— Você não está me ouvindo! A gente precisa se mudar!

Meu pai me agarra e me mantém quieta.

— A gente não vai mais se mudar — e quando ele fala, seu tom de voz é firme e sério de uma forma que eu jamais ouvira antes. — É a nossa chance de termos um lar.

Balanço a cabeça. As lágrimas voltam livremente como se não tivessem parado desde a noite de ontem.

— Não — suspiro. — Não é não.

— É sim! — ele grita, elevando a voz comigo pela primeira vez na vida.

Consigo me soltar, ainda balançando a cabeça. Procuro em seus olhos por sinais de que tenha sido transformado, de que não seja mais o meu pai. Começo a me afastar dele, indo em direção a casa enquanto recomeça a falar, mais calmo, como se tivesse notado um erro que possa ter cometido.

— Hannah, me escuta — fala. — Você sabe como fica quando passo muito tempo fora. Imagina as coisas mais loucas. Esta é a razão por que vou fazer isso. Por você. Para que não passe por essa situação de novo.

Ele anda em minha direção com as mãos à frente como se eu fosse algo frágil que precisa ser manipulado com cuidado pra não se quebrar.

— Desta vez é diferente — digo. — Juro.

— Você está certa, desta vez a gente vai ficar.

As pernas cedem e tenho de me apoiar na porta da frente para ficar de pé. Cubro a boca para impedir que os gritos saiam. Deixo escapar apenas um choramingo enquanto meu pai começa a passar os dedos pelo meu cabelo.

— Imagina como vai ser bom não precisar mais sair correndo — ele fala. — Não vai ter de se preocupar com começar uma escola nova ou fazer outros amigos. Vamos ser felizes aqui. Posso finalmente fazer algo de que gosto, e não será necessário que abandone a equipe de animadoras de torcida de que você me falou.

Viro a cabeça para olhar para ele nesta última parte. Tem algo em sua voz, como se soubesse. E quando meus olhos encontrarem os deles, imagino que verei o brilho azul eletrizante de alguém já infectado porque, mais cedo ou mais tarde, todo mundo vira zumbi nesta cidade.

Este livro foi composto na tipologia Minion Pro,
em corpo 12/15,8, impresso em papel off-white 80g/m^2,
no Sistema Cameron da Divisão Gráfica
da Distribuidora Record.